三日月書版

三日月書版

GOBOOKS
& SITAK
GROUP©

非人類值勤日誌
ぎょうむにっし
Author 醉飲長歌
Illust cyha
Public Office of Non-human Affairs
2
三日月書版
輕世代 BL062

非人類公所值勤日誌

ぎょうむにっし

Public Office of
Non-human
Affairs

Contents

第八章

Public Office of Non-human Affairs

林木往後退了兩步，覺得跳樓行不通。

晏玄景看看他，低頭看了一眼地面，豁然開朗，「不夠高。」

林木一愣，在晏玄景準備帶他起飛之前躲到了一邊，「我不要跳！」

狐狸精看著林木這副緊張的樣子，想了想，也無所謂，放下剛剛伸出去的手，說道：「那就先不學飛了？」

林木覺得比起摔斷脖子，只是被爆打一頓已經是非常不錯的選擇了。

他點了點頭，被晏玄景拎著跳下了屋頂。

因為晏玄景的出現而藏在角落的四個小妖怪擠在一起，夜色下昏暗的小院子並沒有開燈，但這四個非人類並不需要燈光也能就著月光看清楚院子裡發生的一切。

林木這個半妖除外。

月光被房子和樹枝切割成一片一片，院子裡十分昏暗，晏玄景更是一身玄色幾乎和夜色融為一體，動作又快，林木只能憑藉模糊的影子和極細微的風聲來分辨攻擊到底是從哪個方向來的。

然後一點都不意外的再一次被爆打了一頓。

四個小妖怪躲在角落瑟瑟發抖。

林木躺在地上翻了個身，看著頭頂夜幕上點綴的點點星河，痛得齜牙咧嘴。

「有進步。」晏玄景說道。

都會驅使妖力擋住攻擊了——晏玄景對於這點倒是不怎麼意外，妖力這個東西又沒有什麼具體的實質樣貌，只不過是每個妖怪本能就會使用的一種「氣」。

講得科學一點，就跟人類面對攻擊時會反射性繃緊被攻擊部位的肌肉一樣，是一種本能的防禦機制。

挨打挨多了發現光靠身體抵擋不了，自然而然在面對危險的時候就會使用妖力了。

晏玄景覺得自己的教學方式真的非常嚴謹科學，簡直完美複製了絕大部分大荒妖怪的童年。

大家都是這麼過來的，也都安安穩穩。

畢竟不安穩的都死了。

林木看著自己身上被揍出來的傷，一點也不覺得自己有什麼進步。

他撇撇嘴，「難道不是因為你放水了嗎？」

「我上次也放了水。」晏玄景說道。

林木大字型躺在地上，面無表情地看著星空。

「你還能意識清醒地跟我說話，很不錯。」晏玄景實事求是，「你上次昏過去了。」

要不是有月華落下來，八成能直接昏到第二天早上。

林木回想了一下，的確如此。

不僅僅是昏睡，甚至還覺得自己已經走上了黃泉路。

「這麼說好像也是。」

林木有些高興，看著月色底下再度虛虛地凝結了一朵又一朵的銀白色柔軟光團，

隨著夜風晃晃悠悠地飄進院子，直奔著他而來。

晏玄景看著很快便被月華包裹的林木，仰頭看了一眼天色。

今天星河絢爛，十分適合觀星卜卦。吳歸那邊應該能有線索了。

晏玄景看了一會，發現林木從地上爬起來，甩了甩手，活力四射地說道：「再來！」

躲在角落的四個小妖怪擠在一起，捂著眼不忍心看一直被爆打的林木。

人參娃娃透過指縫看到了飄落的月華，拿手肘戳了戳身邊的小伙伴們，小小聲說道：「這個是好東西，你們都拿一個，就一個不要多拿了，會虛不受補死掉哦。」

另外三個小妖怪點了點頭，小心翼翼地探出手各自取了一團光暈。

晏玄景動作一頓，偏頭看了他們一眼，幾個小妖怪齊齊一顫抖，拿著月華縮回了手，瑟縮在一起不敢和他對上視線。

晏玄景見他們很有節制都只拿了一團，於是收回視線，輕飄飄地一抬手，擋住了林木踢上來的膝蓋。

帝休還是缺少了一些攻擊手段。

晏玄景握住林木的手腕，掐著他的肩反手一擰，直接把林木掀翻在地，面無表情地對準了林木柔軟的腹部一抬腳，看著林木一翻身滾了出去。

他也不追，只是自顧自地思考著帝休能有什麼合適的攻擊手段。

結果思來想去，發現帝休真的是少見的那種純輔助類型的妖怪。

晏玄景看著爬起來又衝過來的林木，放棄思考帝休到底有什麼攻擊手段這個念頭。

問題不大。

既然天生沒有利爪和尖牙，也沒有一些植物生靈致幻或者帶毒的天賦，那就先多挨點打，把皮練厚點、把腳程練快點總沒錯。

打不過就擋，擋不住就跑。說什麼也不能一對上就毫無反抗之力被別的妖怪給抓走。

晏玄景思及此，下手的力度頓時重了幾分。

林木從晚上一直吃土到第二天上午。

狐狸精毫無人性，看月華把林木的傷治好了，緊接著就又是一頓毒打。

林木也很倔強，對他而言一兩天不睡覺問題不大，既然晏玄景有空過來，人家沒喊停他也不想喊停——尤其是看著自己漸漸從毫無反抗之力變得能夠稍微抵擋一段時間，這麼明顯的進步，林木是傻子才主動喊停。

最終率先停下來的是晏玄景。

落進院子的光暈從月華變成了淺金色的日華。

有帝休棲息的地方未免也太過於奢侈。

狐狸精看了一眼林木頭頂上精神抖擻格外青翠的小幼苗，又掃了一眼整個人神采奕奕、紅光滿面甚至還帶著笑的林木。

小帝休被月華沖刷了一整晚，整個人的精神狀態好到不行，身體更是比昨晚高了好幾個等級。

晏玄景微微咂舌，想起自己當初的經歷，只覺得妖跟妖之間真的不能比。

「這次到這裡了。」狐狸精說道。

林木兩眼亮晶晶的，低頭看看自己的雙手，握了握拳，「好！要吃個飯再走嗎？」

晏玄景搖了搖頭，摸出一個小小的麻布袋，裝了一大堆日華進去，封好口交給林木，說道：「去上班的時候帶著。」

林木收好袋子，點了點頭，看著晏玄景走了，活動一下身體，轉頭看到院子角落湊在一起打盹，腦袋一點一點的小妖怪，突然想起自己還有狗。

林木轉頭進了屋，四下找了一圈也沒看見牛奶糖，推開房間的窗戶叫了一聲小人參，問道：「你有看見牛奶糖嗎？」

小人參揉了揉惺忪的睡眼，軟軟地應道：「牛奶糖在那個大妖怪來之前就跑啦！」

「哎？」林木一愣，想起大黑說過普通的動物和有些弱小的小妖怪甚至擋不住大妖怪的一個眼神。

牛奶糖恐怕是察覺到有厲害的大妖怪靠近，出門避難去了。

林木嘆了口氣，去洗了個澡，又煮了湯做了飯。

給牛奶糖熱了一碗大骨湯拌飯，自己隨便炒了盤肉吃過飯，把昨天下午買的大西瓜抱了出來，剖開榨汁。

林木端著四杯西瓜汁出去，看著瑟縮膽怯的小妖怪，也不靠近，隔著老遠喊小人參過來，把手裡的托盤交給了他，「給你們的。」

「好！謝謝林木！」小人參踮著腳拉了拉林木的衣襬，在他俯下身來的時候在他臉上親了一下，接過托盤邁著小短腿「噠噠噠」地去分送果汁給小伙伴了。

三個小不點、一個小少年坐成一排，在陽光底下捧著杯子，一小口一小口喝著果汁，看林木趁著週末忙裡忙外地整理東西又大掃除，猶豫了一下，湊在一起嘀咕了好一會，紛紛站起身來。

小人參半拖半拽地拉著自己的幾個小伙伴跑到了林木面前，「我們也來幫忙！」

林木一怔，然後笑咪咪地說：「好啊。」

林木把除了二樓幾間房間以外的打掃工作都乾脆地交給了幾個小妖怪，自己把臥室書房以及媽媽的臥室和工作室打掃了一遍。

林木拆掉窗簾，陽光毫無遮擋地灑進來，照在書櫃上，落在那個裝著帝休果的紅漆木盒子上。

有幾團日華安靜地落在了盒面上。

林木放下抱著的窗簾，對媽媽的照片和那顆果實舉起手臂，拍了拍自己微微鼓起來的上臂肌肉，說道：「我在努力變強啦，再等等吧。」

照片和果實毫無動靜。

盒面上的日華飄落下來，晃晃悠悠地擦過林木的臉，落進他的肩窩裡。

林木抿著唇笑了笑，重新抱起窗簾，走了出去。

晏玄景說過上班要帶裝著日華的小麻布袋，於是週一的時候林木就戴著帽子、拎著袋子去上班了。

難得吳歸和大黑都在辦公室，只不過林木剛進來，就被告知他們要外出一段時間，這段時間辦公室的文書工作都要交給林木負責。

林木一愣，「你們要去哪裡？」

「去追查帝屋，這兩天晚上星星很清楚，好不容易算到位置了。」

大黑答道，看向正緊皺著眉頭猶豫不決地挑選著靈藥的吳歸，重重嘆了口氣，小聲說道：「也不知道能不能回來。」

林木心裡一緊，「……什麼意思？」

「這種事很危險嘛。」大黑舔了舔唇，有些緊張，「每次去追查這種事情，死亡率都挺高的，不然老烏龜怎麼會動這些為他兒子準備的靈藥。」

林木張了張嘴，有些不知所措。

「不過也不一定，你看老烏龜活了三千年，類似的事少說也見過十來次了，也還是活得好好的。」

雖然他每次都是抱著必死的心出發的。

大黑想道，嘆了口氣，「老烏龜實在不容易，親人都是幹這一行的，只剩下一個不知道天命何時的兒子了，現在又要去涉險。如果這次運氣不好，恐怕他兒子很快也能下去跟他團聚了。」

「……不能不去嗎？」林木小聲說：「放著不管帝屋也不會影響到我們啊。」

大黑搖了搖頭，「怎麼可能不去啊？我們說到底對帝屋是一無所知，萬一他瘋得很厲害，真的決定斬斷一切沾了因果的生靈，那天下會大亂的。」

林木看了看吳歸那邊，問：「我不能一起去嗎？」

「你還小。」吳歸頭也不抬，說話時慢吞吞的，「危險的事交給大人，你好好守著這裡就是了。」

林木抿著唇不說話。

「對了，這個。」吳歸從抽屜裡拿出了幾本書冊，向林木扔了過來。

林木一愣，趕緊伸手接住了。

吳歸垂下眼繼續挑揀靈藥，嘴上嘮叨著：「聽大黑說你不知道應該怎麼修練，我們資料室也沒有什麼人類功法的記錄，這是我找出來的幾本木系大妖怪自傳，有透露一些木系生靈的修練方式，你有空就翻翻看。」

林木低頭看了一眼手裡的書冊，怔愣了好一會，瞥見自己帶著的小麻布袋，猶豫許久，還是把它拿出來，交給了吳歸。

吳歸掀了掀眼皮，「這什麼？」

林木略一思索，含糊地說道：「晏玄景讓我帶來的。」

吳歸聞言，拉開袋子看了一眼，然後猛地繫上開口。

他之前有看到晏玄景摸出一堆日華十分奢侈地拿來給林木壓驚，但這種東西實在是太過於珍貴，哪怕他相當想要，也沒有開口去試探晏玄景能不能給他一些。

但晏玄景現在竟然給了一大袋——這量已經足夠讓他兒子恢復一些根基了，之後再用靈藥養一養，雖然還是會有些虛弱，但至少性命無虞。

吳歸深吸口氣，「替我謝謝他。」

「嗯！」林木點點頭，露出兩個小酒窩。

吳歸和大黑趕時間，打包好東西之後就急匆匆出門了。

林木目送著他們走遠，傳了封簡訊給帝屋，這一次直言不諱地說明了情況。

帝屋那邊過了很久才回覆了訊息。

林木拿出手機一看。

只有一個句號。

於是林木傳了個問號過去。

帝屋撐著臉，看著桌上那顆無比艱難親自打了個句號回覆了自家孩子的簡訊之後，面對林木傳過來的問號陷入沉默的玉石，忍不住笑出了聲。

「好了好了。」帝屋把玉石輕輕推到一邊，拿起手機看了看林木剛剛傳過來的訊息，沒有多意外的神情。

他給林木回了一句「**知道了**」，輕哼一聲，「通風報信的臭小鬼。」

林木翻著老烏龜留給他的書冊，看著帝屋回覆的簡訊，突然意識到帝屋也是正統的樹精。

他看了一眼書冊的內容，拿起手機又傳了封簡訊給帝屋，問他應該怎麼變強。

帝屋收到簡訊，一時之間竟然被問倒了。

怎麼變強這件事情，如果要問帝休和帝屋，他們還真沒個底。

畢竟是天生地養日月哺育長大的神木，一開靈智、一成妖，他們就很強。

他們的強大是天生的。

帝屋想了想，仔細回憶了一下一群老朋友是怎麼養孩子的，於是乾脆地回覆道：

先挨打。

說完覺得不大妥當，於是又追加回覆了一句：**你還小，才覺醒，用不著那麼著急。**

如果是一般的情況，林木打從一開始就會知道自己是半妖，現在他應該還是個小孩子，多得是時間讓他慢慢來。

哪怕半妖的成長期比一般妖怪短上無數倍，但也不應該像人類一樣長得這麼快，尤其還是帝休這種生長速度出了名慢的神木。

帝屋彈了帝休的玉石一下，倒也能理解帝休的做法。

被人發現了自己的存在，來不及搬救兵，第一反應當然是趕緊隱瞞妻子跟孩子的存在。

花一大番力氣瞞天過海，遮住了家人的存在，恐怕自己也元氣大傷，翻船實屬正常。

既然沒辦法護住妻兒了，那還不如讓繼承了自己血脈的孩子一輩子懵懵懂懂一無所知，作為一個人類生老病死，總比步上自己的後塵要好。

只不過世事無常，誰都沒想到林木本該只有短短百餘年的人生突然開了個岔路，朝著意料之外的道路直奔而去了。

帝屋伸手把裝著帝休殘魂的玉石拿起來揣進口袋裡，拍了拍，「有狐狸在呢，不過氣息不大對，可能是狐狸他孩子，反正你用不著擔心。」

這麼一想，就覺得幸好幸好。

玉石在他口袋裡轉了兩轉。

帝屋打了個電話給向自己投誠的妖怪，然後將留下的痕跡清理得一乾二淨。

搞定這些東西後，帝屋又在房間的幾個角落留下了印符，收工之後看著這個變成牢籠的房間，咧咧嘴，「哼，想抓我。」

「走吧。」他拍了拍安靜地待在他衣服口袋裡的玉石，翻了翻手機裡存著的幾份資料，伸了個懶腰，披上外套慢吞吞地走出房間。

這是個豪華度假村，帝屋自顧自地走出大門，抬起長腿上了等在門口的車，乘著車揚塵而去。

帝屋坐在車上懶洋洋地翻著手機，那一小塊玉石從口袋裡滑出來，滾了幾圈，又慢吞地挪回來，靠在他身邊，不動了。

帝屋禦凶，隨身帶著帝休可以儘快驅散他的怨氣。

現在那顆玉石上醜陋的斑駁已經消失許多了。

帝屋輕輕戳了戳他，低聲說道：「還是沒找到能種靈藥的……」

當初找那個姓譚的人類套交情，是想試試能不能抓個有這方面天賦的人類，或者是隱藏在人類裡的妖怪。

誰能想到那個人類介紹的第一個人，就是帝休的兒子。

還扯出了帝休這個倒楣鬼。

帝屋使勁搓揉了兩下那顆玉石，「如果實在找不到的話，我們就得考慮將就一下了。」

這個將就，指的是去找林木。

帝休在帝屋手裡轉了幾個圈，並不樂意。

大荒的妖怪個體之間相對獨立，就像晏玄景被他爹娘毫不留情扔到大荒最混亂的地方歷練，但要是真的快死了，肯定會救回來。

而上一輩需要自己處理乾淨的事情，通常也不會去拜託下一輩。

這是身為長輩最基本的自尊。

帝休不樂意。

但帝屋經歷了這麼多年這麼多糟糕事，倒是覺得完全無所謂。

沒有直接去找林木，是因為湊巧知道了帝休的事情，又湊巧在找自己本體和殘魂的時候找到了帝休。

他是顧及帝休的面子才捨近求遠，不然哪裡還要四處尋找會種植靈藥的妖怪。

除了少部分天生為靈藥而生的妖怪和人類，真沒有誰比得過帝休對一方水土的良性影響。

「就這麼決定了。」帝屋單方面做了決定，「趁現在多給你收回一點殘魂，也好早點去。」

帝休聽了這番話，便乾脆不動了。

這一週，林木把辦公桌搬到了辦公室東側的窗戶邊，沒有人來辦理業務的時候，就癱在椅子上懶洋洋地晒太陽。

因為老烏龜給他的書上是這麼寫的：

得日月之華，取深淨之水，時日既久，開靈智以修人形，得九竅，再三千年，自成大妖。

翻譯成白話文就是——

多喝水。

多晒太陽。

過個三千年，就是大妖怪了。

林木看到的時候甚至覺得自己是不是被耍了。

結果問過帝屋之後，帝屋說的確是這樣。

——不管怎麼說，總比先挨打這個答覆可靠得多。

想到晏玄景之前也說過不同的妖怪有不同的修練方法，得到了帝屋背書的林木半信半疑地搬了辦公桌，到一整天都能晒到太陽的窗戶邊落腳。

成了妖怪、有了妖力、還接觸了一堆怪力亂神的事情之後，林木發覺自己不僅耳聰目明，身體更為有力，好像連夏日逐漸暴烈起來的太陽也不覺得晒了。

這大概就是書上說的寒暑不侵。

林木面對著夕陽，帽子被他放在桌上，正就著夕陽的光亮翻閱著手中的書冊。

他頭頂上的小幼苗在夕陽底下肆意伸展著五片葉子，零零星星的光塵從五片葉子飄出來，像極了夢中看到的大樹落下的光團。

林木慢吞吞地翻完了手頭的幾本書，除了兩天前得知身為植物應該好好晒太陽之外，完全沒有別的收穫。

他嘆了口氣，闔上書冊，看了一眼時間，起身下班。

辦公室的工作實在稱不上忙碌。

他們這種辦公室，國內有不少，從大荒來的妖怪會選擇自己能夠適應的氣候環境之處遷入戶口，分流之下林木這邊要接手的其實不算多。

何況他最近妖力大漲，來辦公室來辦理業務的，基本上都在帝休力量的安撫下十分平和溫柔，連講話都輕聲細語，處理起來十分省心。

林木戴上帽子，在附近賣場的超市買了隻烤雞和哈密瓜，騎著摩托車、乘著夕陽回了家。

晏玄景又再一次在院子門口等待。

他最近來得很頻繁，搞得牛奶糖神出鬼沒。

不過林木並不怎麼介意——可能是總有大妖怪來，沒什麼安全感的關係，牛奶糖每天晚上都要爬上床跟他一起睡。

被自家性格跟貓一樣的小狗這麼親近，林木高興都還來不及，每天摸著毛茸茸的毛皮抱著小狗睡覺，簡直再好也不過了。

「我買了烤雞！」林木對晏玄景說道。

哈密瓜是要拿來榨汁給幾個小妖怪喝的。

小院子挖空了百來平方的地面，做溫室的地基，幾個小妖怪天天在這裡忙碌，幸虧村子人少，相隔百尺多才一戶人家，不然恐怕早就被人發現不對勁了。

這幾個小妖怪很喜歡喝果汁，對食物稍微有些排斥，林木這一週天天買不同的蔬果回來榨果汁給他們喝。

晏玄景看了一眼林木拎著的烤雞，矜持地點了點頭。

幾個小妖怪看到林木和晏玄景兩個人一同走進來，停下了靠近的腳步。

——他們很親近林木，只是晏玄景面無表情的樣子實在很嚇人。

林木拎著烤雞進了廚房，把烤雞熱好端給了晏玄景，又榨好四杯果汁端出去，結果發現少了個小不點。

林木看著三個湊上來的小妖怪，揉了一把小含羞草的腦袋，問道：「小人參呢？」

小含羞草漲紅了臉，聲如蚊蚋，「人參哥哥拔了幾株靈藥，去山裡幫樹伯伯療傷了。」

林木一怔，「獨自去的？」

大一點的含羞草點了點頭，「嗯。」

林木看了看大草紅著臉眼巴巴地看著他，抬起手各揉了三個小妖怪的腦袋一把，雨露均沾。

他回到屋裡，看著坐得端正挺拔，神情認真專心致志地吃著盤子裡烤雞的晏玄景，說道：「小人參一個人去山裡了，我……」

「不用擔心。」晏玄景放下手裡的筷子，「山裡沒什麼危險。」

自從他把那些小妖怪上貢的東西全都扔回去之後，對九尾狐的存在還半信半疑的妖怪全都不敢出來了。

原本因為妖怪衝突而焦頭爛額的青要山山神現在閒得要命，天天躺在山上摸魚晒太陽，晏玄景前兩天去看大荒那邊有沒有回信的時候，還被他拉著打了一下午的撲克牌。

林木聽晏玄景這麼說，也爽快地放下心來。

畢竟晏玄景的思考邏輯不會拐彎，基本上不會說什麼誇張的話。他說安全就是安全的。

林木乾脆地繫上了圍裙，替自己做晚飯。

晏玄景吃完了烤雞，看著林木忙碌的背影，覺得這棵小帝休的生活真的很單調。

吃飯的時候，林木嘀咕道：「我還是想學飛。」

晏玄景點了點頭。林木說是什麼就是什麼。

林木做足了心理準備，飯後消化得差不多了，正準備爬上屋頂在美麗的月色下跳個樓，結果剛踏上樓梯，就被晏玄景像捉小雞一樣拎著一路衝上天。

狐狸精低頭看了看地面那個小小的荷包蛋形狀的院子，斟酌了一下，這個高度差不多。

林木緊緊抱著晏玄景的脖子，呆愣愣地看著觸手可及的雲層，半晌也不敢伸手去摸摸看。

他揪緊了手心的衣料，戒備地問道：「你想做什麼？」

「扔你下去。」晏玄景說道。

林木聞言，低頭看了一眼底下的小院子，深吸口氣，「好吧。」

從哪跳不是跳。就當是高空彈跳好了。

晏玄景看著林木緩緩地放開他，手一鬆直接把林木從高空拋了下去。

……

……

告非！

告非！！

告非！！！

林木雙眼緊閉，失重的感覺非常糟糕，風像刀子一樣颳在身上，身體甚至毫無知覺，滿腦子都是自己這次死定了。

晏玄景面無表情，緊緊跟在林木身邊俯衝而下，看著連眼睛都不敢睜開嚇得半死的林木，伸手把他接住。

林木一驚，緩緩睜開眼，看了一眼還有一段距離的地面，愣了好一會，反應過來，「失敗了？」

「嗯。」晏玄景看著面色蒼白的林木，抱著他緩緩往下落，沉吟一陣，說道：「你大概不適合這種。」

思來想去，林木大概還是經驗太少。遇到這種危急情況的時候，幾乎沒有思考能力。打架倒是學得飛快。

晏玄景抱著林木穩穩地落在了院子中，從自己的記憶裡搜索著有沒有什麼別的學飛方式，一抬起眼來，就看到小人參蹦蹦跳跳從外面走回來，背後還跟著一隻跟牛奶糖長得一模一樣的白色毛茸茸動物。

小人參踮著腳打開了院門，把那隻小狗放進來，高興地說道：「林木林木，我帶著牛奶糖回來啦！」

晏玄景面無表情地盯著那隻毛茸茸的動物，渾身上下都流露出一股拒人於千里之外的冷酷。

那隻毛茸茸小狗毫無所覺，饒有興致地看了一圈這個小院子，最終目光落在了晏玄景身上，抬步走到他面前，蹲坐下來，仰頭看著他。

——牛奶糖，爸爸來了。

——滾回去！

晏玄景一直都知道他爹過得很隨性，哪怕是身負著青丘國國主這麼沉重的責任，也彷彿沒事一樣想幹嘛拍拍屁股就走。

對晏玄景而言，他爹在他眼中唯一一次威嚴的印象，僅有他小時候有一次在自己宮殿被下了毒手，他爹大發雷霆直接下手徹徹底底清理了一遍整座王宮裡的妖怪。

那段時間青丘國國都四處瀰漫著一股濃重的血腥氣，都城裡的居民繃緊了皮，人人自危。

除了那一次之外，晏玄景幾乎就只記得晏歸天天躺在太陽底下耍廢的印象了。

他們這種等級的大妖怪，打起來影響極大，而且養傷也麻煩，還有很大的可能會在養傷時被其他妖怪趁虛而入，引發些事端。

可是哪怕能夠理解，晏玄景依舊覺得他爹實在是太閒了一點。

天天閒得發慌，除了摸魚睡覺就是欺負兒子。

偏偏晏玄景還打不過他。

這次波及整個大荒的事情實在不小，都已經直逼崑崙虛了，那可是大荒最為繁華的城池之一。

這麼大一件事，他爹竟然都做得出甩下爛攤子跑出來這種事！

晏玄景跟蹲在他面前的晏歸對視了好一會，瞇了瞇眼，偏頭看向林木，「你家的狗？」

「對，就是我一直跟你說的牛奶糖，應該是因為怕你所以一直躲在外面，不知道為什麼今天突然回來了。」林木也懶得去想，蹲下身伸手抱住那一大團毛茸茸的晏歸蹭了蹭，「很好看吧！」

小狗被蹭了兩下，兩眼舒適地瞇起，回蹭著頂了頂林木，尾巴一甩，把林木捲起來。

林木受寵若驚。

晏玄景面無表情。

牛奶糖反常的撒嬌讓林木有些疑惑，揉了揉小狗的腦袋，把牛奶糖翻倒在地，在牠身上四處按壓，有點擔心，「是不是哪裡不舒服啊。」

晏玄景看著一推就倒甚至毫無節操翻出肚皮來的晏歸，神情十分冷酷。

「可能是餓了。」晏玄景說道。

林木豁然開朗地點點頭，畢竟牛奶糖還沒吃晚飯。不過問題不大，煮個雞胸肉也就幾分鐘的事情。

「那我先去幫牛奶糖準備一下晚飯。」林木說著站起身，對晏玄景相當放心——不管怎麼說一個大妖怪也不至於欺負一隻寵物狗。

晏玄景不置可否地點了點頭，目送著林木進屋。

小人參感覺院子的氣氛不大對，小心翼翼地看了一眼晏玄景，又看了一眼牛奶糖，鼓起勇氣，童言童語帶著點瑟縮的鼻音，「你……你們別打架哦，要打去外面打！」

兩隻九尾狐齊齊轉頭看向他，嚇得小人參打了個嗝。

小人參委屈巴巴地看了一眼院子的靈藥田，帶著自己的三個小伙伴「噠噠噠」衝進了屋子，還十分體貼地為外頭兩隻狐關上了門。

晏玄景垂眼看著被推倒在地就癱在原地壓根不想爬起來的晏歸。

晏歸甩著尾巴，懶洋洋地抓取著現在還顯得十分淺淡的月華，對上自家兒子的視線，「哎」了一聲，「幹嘛啊？」

晏玄景十分無情，「你過來做什麼。」

「不就是聽你說帝休步上了帝屋後塵，所以過來看看嘛。」晏歸說話懶洋洋的，語尾帶著點鼻音，微微上翹，撩撥著自家兒子。

「不來怎麼知道你這麼可愛呢對不對?牛奶糖。」

晏玄景臉色一沉，抬腿就是一腳。

晏歸滾了一圈，依舊懶得起來，掀掀眼皮看了看小院子，最終視線落在晏玄景身上，語氣微微低沉了一些，「你可沒跟我說帝休有兒子的事。」

晏玄景不吃他這一套，「你也沒跟我說過帝休的事。」

「哦，我沒說過嗎?」晏歸仔細回想了一下，不記得自己到底有沒有說過，但他向來是不背黑鍋的，反口指責道：「你已經是個成熟的少國主了，不知道的事情為什麼不自己去查！」

「……」晏玄景深吸口氣，覺得不能在林木家跟自家父親計較太多，「你不管大荒那邊了？」

「養了那麼多幕僚還事事都要我親力而為，要那幫傢伙幹嘛。」晏歸慢吞吞地爬了起來，「好了，說說到底怎麼回事。」

晏玄景簡單陳述了一下在這邊查到的情報。

晏歸咂舌，神情有些凝重。

「帝休是自己跑出來的。」晏歸說道。

在帝屋出事之後，大荒為了爭奪帝屋遺留下來的東西，進行了一場長達百餘年的鬥爭，不少勢力重新洗過牌。

而同樣參與了爭奪的青丘國，與其他幾個同樣和帝屋關係頗佳的大妖勢力聯手，奪回了不少帝屋的妖力。

就在他們平定了大荒，準備前往中原搶奪帝屋的魂魄和身體的時候，被幾個朋友背地裡暗算。

被友人背叛的結果就是帝屋的東西一點都沒留下來不說，自己還元氣大傷，甚至連地盤都被蠶食了不少。

晏歸他們無奈，收到那群嘗到甜頭的妖怪已經開始對跟帝屋同等的神木下手的消息，心急如焚無比艱難才保住了幾個。

這一保護就是數千年。

數千年來晏歸他們當然想要報仇，但帝屋留下來的東西，他們卻一點影子都沒見過，也來中原找過，同樣是無功而返。

「就連擅長卜算的妖怪，或者是犬妖也沒能搜到，也不知道當年到底是拿什麼東西鎮住帝屋的。」晏歸說完頓了頓，「帝休成妖是在四千多年之前，他這幾千年都被限制在山谷裡沒有出去過，一直到三十年前。」

一般來講，有自我意志思維的生靈是難以接受這種事情的，但帝休接受了。

他知道保護著他的妖怪是為他好，在山谷幾千年，極少提及山谷外頭的事情，不過對於他們帶進來的書冊和一些吃食，總是十分期待和珍惜。

對晏歸他們來說，帝休是個特別乖巧，乖巧得讓他們忍不住心生愧疚的弟弟。所以在帝休提出想要自己親眼看看外面的世界時，知道如今中原人類的力量漸弱、甚至消失的幾個大妖怪想想，跟帝休做了每三十年回來一趟的約定，就乾脆地把他放走了。

接下來封鎖消息的事情先略過不提。

「一開始的時候他還會經常傳信回來，還附送點小土產，後來時間間隔越來越長，我們也沒多想，小孩子玩瘋了很正常。」

晏歸說著，算了算年份，發覺再過三四個月，也該是他們約好要回來的時候了。三十年的時間對於妖怪來說實在不長，如果時間到了帝休沒回來，他們肯定知道帝休出事了。

結果沒想到提前了短短半年察覺到了端倪。

晏歸想到自家兒子提過帝屋的事，確認了一下之前在那個宅院看到月華的事情，略一思索，「先去找帝屋。」

晏玄景聞言，想起了老烏龜有告訴他帝屋的位置。

他十分乾脆地報了個地址，讓他爹趕緊滾的嫌棄之情溢於言表。

「哎呀急什麼嘛牛奶糖。」晏歸重新躺了回去，尾巴尖端悠閒地一晃一晃，「這麼明顯的線索肯定有詐，帝屋又不是傻子，去這裡肯定找不到。」

晏玄景看著他爹，眉頭一皺，「你要留下？」

「先在這裡待幾天看看情況。」晏歸看著晏玄景，聽到開門的聲音，耳朵顫了顫，「順便照看一下我賢侄啊。」

你放屁。我看你就是來討日月精華的。

晏玄景看著翻身起來，邁著輕快腳步跑進屋的晏歸，想了想，也跟著走了進去。

晏玄景進去的時候林木在拆包裹。

林木知道他家牛奶糖體型不比成年的薩摩耶，應該是還在長。

為了給小狗一個完美的童年，發覺牛奶糖不喜歡那幾個會發出聲音的玩偶之後，林木又買了一堆新的東西。

球啦，雷射燈啦，飛盤啦，套圈圈啦，甚至還買了一組人類小孩喜歡玩的那種可以爬上爬下的小溜滑梯。

牛奶糖不玩就給小人參他們玩。

林木心裡小算盤打得劈啪響，拆開一堆玩具之後，拿了個橄欖球模樣的磨牙玩具，轉頭看向了自家牛奶糖。

牛奶糖已經吃完了那一大盆雞胸肉，毫無形象地躺在一旁，渾身上下都透出一股懶洋洋的氣息。

林木微怔，總覺得有點不大對勁。

他們家的狗不是這樣，牛奶糖很安靜，也很愛乾淨，只要想躺下，都會叼著狗窩自己找地方放好躺進去。

其他時候不是趴著就是坐著，姿態還十分嚴謹端莊，偶像包袱極重。很少有這種隨地側躺的情況。

林木猶豫了一下，拿著手裡的玩具對牛奶糖晃了晃。小狗懶洋洋地看了他一眼，毫無興趣。

「……」對玩具不感興趣這一點倒是挺像牛奶糖的。

「飯後要消化啊牛奶糖。」林木十分嚴肅地教育小狗，拿起飛盤，抱起癱在地上的小狗走去院子，「來玩。」

晏歸被抱起來的時候愣了好一會才反應過來，扭頭看向站在門邊的兒子，滿臉震驚。

經常被林木抱來抱去，有的時候連窩帶狐一起抱的晏玄景面無表情，甚至露出了幾分嘲諷的神情。

晏歸：「……」

好喔。

「要學咬飛盤嗎？」林木嘀咕道。

他家牛奶糖學握手倒是挺快的。

晏玄景靠在門邊，看著他爹陷入狗玩具的地獄，毫無阻止的念頭，甚至有點想笑。

林木跟自家小狗玩了個過癮，內心十分滿足。

晏玄景站在院子看著他想要廢就被拉起來咬飛盤玩玩具的親爹，內心十分滿足。

他吹了吹手裡冒著熱氣的參茶，慢條斯理地喝了一口。

「晏玄景！」林木收好玩具，見晏玄景還在，不太確定地問道：「你今天不走嗎？」

「嗯。」晏玄景矜持地點了點頭，「你這裡有月華。」

林木微怔，這還是晏玄景第一次說要留宿。

林木並沒有問過晏玄景的住所，他覺得大妖怪總歸是不會缺住的地方，所以也沒有考慮過留宿這個問題。

留宿嘛，有一就有二。

林木覺得自己距離「每天早上醒來就能跟長得超好看的美人打照面」這個人生理想邁進了一大步。

他喜孜孜地去整理了一下客房，洗完澡香噴噴的抱著小狗上了樓，準備休息。

眾所皆知，距離帝休越近，能蹭到的日月精華就越多。

被賢侄折騰了整個晚上的晏歸非常乾脆地跳上了床。

林木並不喜歡開空調，比起開空調，他比較喜歡打開門窗通風，然後開一臺小電風扇。

晏玄景路過林木的房間，偏頭看了一眼睡得四平八穩露出小肚皮的林木，跟他爹對上視線時，再一次露出了幾分嘲諷。

晏歸察覺不對勁，回頭看了一眼早就睡著的林木，又看向自家兒子，剛想開口，屁股就猝不及防被狠狠踹了一腳，直接摔下了床。

晏玄景站在林木房間門口，看著滾到地上的毛茸茸小狗，扯了扯嘴角，冷笑一聲。

冒充我？

呵。沒想到吧。

第九章

Public Office of Non-human Affairs

其實晏歸想過很多種兒子在中原到底是怎麼過日子的可能。

他覺得以兒子那臉那身段那實力，怎麼都不會多慘。

畢竟是親生的孩子，水準怎麼樣他心裡還是有數。

尤其上次傳回來的信還帶著一絲帝休的氣息，怎麼想運氣和機遇應該都十分不錯。

晏歸想起自己不疾不徐從通道過來，一出來便循著自家兒子的氣味找，兒子沒找到，卻找到了一株人參娃娃。

人參娃娃身上帶著他兒子的幾根毛，轉頭一看到他張口就喊牛奶糖。

晏歸摸著自己的良心，這株人參到青丘國的話，連國都都進不去。

但他手裡竟然有自己孩子的毛，還一副很熟的樣子搖搖晃晃地跑過來，一上來就是個熊抱。

從來沒被區區一爪子就能撕碎的小妖怪這麼熊抱過的青丘國國主陷入了沉默。

他聞到這小妖怪身上除了他孩子的氣味之外，還有帝休的氣味，而且拿出來的靈藥品質都相當不錯。

晏歸看著小人參極其奢侈地拿著那些品相上佳的靈藥小心修補著一些開了靈智的老樹，一邊還嘰嘰喳喳說著悄悄話，每走一步都要喊一句牛奶糖跟上。

晏歸沉思許久，覺得這小妖怪嘴裡的牛奶糖說不定就是他兒子。

最後晏歸跟著蹦蹦跳跳的小人參一起回了家。

一回家，迎面就跟自家兒子對上了視線。

再說一次。晏歸覺得以他兒子那臉那身段那實力，怎麼都不會多慘。

但他是真的沒想到，自家孩子會被當成普通的寵物狗，天天陪著玩玩具不說，甚至還要咬飛盤，還被小帝休抱著滿院子跑。

還被取了個牛奶糖這麼哆裡哆氣的名字。

不過這都是小事，小帝休怎麼頑皮都沒問題。

但連在他旁邊睡覺都要被一腳踹下床也太慘痛了一點。

當年在帝休樹上爬上爬下、睡得人仰馬翻奇形怪狀的時候，帝休也沒抖抖枝條把他們甩下去。

尤其看晏玄景這架勢，擺明是被踹過。

他孩子到底過的是什麼日子。

晏歸癱在地上，對此十分唏噓。

晏玄景看著躺在地板上一動也不動的晏歸，慢吞吞地整了整衣服，完全沒有幫他爹拿個狗窩的意思。

那些軟綿綿還香香的狗窩是他的，跟晏歸有什麼關係。

難道身為父親的晏歸，竟然還做得出跟弱小可憐無助的小狐狸搶窩的事嗎？

——晏歸還真做得出來。

晏玄景面無表情地看著跑去一樓客廳叼了個狗窩上來的晏歸，覺得自己當真低估了他爹的臉皮有多厚。

晏歸這次不上床了，他把狗窩放到林木床邊，看了一眼睡得打起了呼嚕的林木，扯著被子幫他把露出來的小肚皮蓋上。

雖然半妖應該不至於脆弱到著涼，但畢竟這棵小帝休才剛覺醒，多注意一點總沒錯。

晏歸十分體貼地幫林木蓋好被子，往狗窩裡一躺，看到還站在門口的兒子，懶洋洋地拍了拍狗窩旁的地板。

——要不要一起來睡？

晏玄景無情轉身。

林木一早醒過來，就看到牛奶糖躺在床旁邊的窩裡，蜷成顆球睡得正香。

林木翻身下床，輕手輕腳地穿上拖鞋，洗漱完發現牛奶糖竟然還在睡，感到有些費解。

以前牛奶糖總是早早起床去院子晒太陽，早飯幾乎都是一起吃，哪有賴床的時候。

林木微微皺了皺眉，走進房裡抱著小狗一頓瘋狂搓揉。

「快醒醒啦！不起來要錯過早飯啦！」

晏歸被揉得毫無防備甚至有點迷茫，睜開眼呆愣愣地看著林木。

林木對上牛奶糖烏溜溜的眼睛，喜孜孜地抱著小狗，小聲說道：「看到那個晏玄景了沒？」

晏歸：「……」

林木十分嚴肅，「牛奶糖，你成精的時候，能不能長成他那樣呀？」

晏歸一聽到這句話，覺得其中必有隱情，頓時精神就來了。

「不能變得那麼好看，有他的四分之一也行。」林木碎碎念，說完頓了頓，「不過醜也沒關係，醜爸爸也愛你。」

「?!」晏歸渾身一震。

「不過也不要太醜啊，有大黑那個水準也不錯。」林木又嘀嘀咕咕說了幾句，又用力捏了一把狗嘴，「快起來吃早飯了！我去叫晏玄景！」

晏歸看著林木興沖沖的背影，對自家兒子在這裡到底過的是什麼日子感到深切的疑惑。

林木興沖沖地跑到了客房外，滿懷期待地敲了敲門。

等了一會，沒人開門。林木一頓，又敲了敲。

這下有人應聲了，但不是從房間裡，而是從樓梯口。

晏玄景站在樓梯口，看著客房門口的林木，「有事？」

「啊。」林木短促的應了一聲，看了晏玄景的臉好一會，然後心滿意足地露出笑容來，「早安！」

晏玄景看著林木這副高興的模樣，有點摸不著頭緒，只是點頭致意。

「我來叫你吃早餐。」林木說道。

晏玄景頷首，想到剛剛路過廚房的時候看到忙碌的小妖怪，說道：「林人參做好了。」

林木並不意外。

人參娃娃最近學會了不少新技能，甚至還學會玩電腦。

以前在山裡壓根不敢接觸人類，更別說人類的一些科技產品之類的，住進林木家之後，天天除了鬆土養土照顧靈藥之外就是把玩這些東西。

「那我先下去啦！」

早上起來就能跟長得好看的人聊聊天果然心情十分舒暢！

林木穿著睡衣，高高興興一步三跳地從樓梯跑下去，幫小人參端早餐出來。

晏玄景目送著林木下樓，目光落在已經醒了但沒有動彈，彷彿正在沉思的晏歸身上。

沉思多半是假像，這老狐狸肯定在恍神。

晏玄景抬腳走進去，無情地俯下身，直接一把掀了狗窩。

晏歸滾下來，轉頭看向自家兒子，說道：「牛奶糖，你成精的時候，能不能長成晏玄景那樣啊？」

晏玄景面無表情，「……」

晏歸翹了翹尾巴，「？」

晏玄景十分冷靜，連窩帶爹一把抓起來，直接從窗戶扔下樓。

林木對父子兩狐的鬥爭一無所知。

他走進廚房，探頭看了一眼今天的早餐。

「林木你起來啦！你看，我今天試著做了腸粉！」

小人參指著放在廚房流理臺上的平板，螢幕上的畫面暫停在紅米腸粉的教學影片。

他把自己的作品端出來，嘴角還沾著一點小碎屑，「我覺得很好吃！」

「厲害！」林木誇讚了他一句，拍拍小人參的腦袋，幫他擦掉嘴角的碎屑，把魚片粥端了出去。

小人參端著自己的新作品，像個跟屁蟲一樣跟在林木身後，一張小臉紅撲撲的，十分驕傲，「我還給那個大妖怪做了脆皮雞排！」

「那個大妖怪叫晏玄景。」林木說道，看了一眼炸得金黃的雞排，有種自己輸了的感覺。

實話實說，他自己炸雞排從來沒炸出過這麼好看的顏色。

小人參拉出餐桌旁的凳子，爬上去，搖頭晃腦十分得意，「我最近還在學做紅燒肉。」

「嗯？」林木看了一眼從樓上下來的晏玄景，多拉了一張凳子出來，「你沒跟我要食材啊？」

「是牛奶糖去山裡抓的！」小人參說著，頭頂上的人參籽隨著他的動作輕輕搖晃，「牛奶糖可厲害啦，抓野豬，逮野兔，撲山雞，什麼都會！」

林木配合地「哇」了一聲。

流浪狗真是不容易，林木有些心疼地想，這些技能大概都是在流浪的時候學會的吧。

小人參童言童語地邀功，「食材我都沒浪費，全給牛奶糖吃了！」

林木豁然開朗，「才想說昨天抱牛奶糖的時候怎麼感覺胖了一圈呢。」

剛坐下的晏玄景面無表情地扭頭看了他一眼。

晏歸叼著狗窩從院子進來，聽到這句話，低頭看了看自己完美的流線型身軀，覺得賢侄又在說屁話了。

他這種身材哪裡胖了？流線體型，完美比例，渾身肌肉，爆發力極強，一踢腿就能踹倒一棟樓，一揮爪子就能削平一座山頭。

哪裡胖了？一點都不胖，十分完美。

完美到根本找不出第二隻跟他一樣完美的九尾狐，除了他老婆。

晏歸放下狗窩，毫不介意地跑到了餐桌下為他準備的狗食盆旁邊。

「不過牛奶糖有點奇怪啊。」

林木舀了一勺魚片粥，看著旁邊啃雞排舔粥的小狗，說道：「牠以前沒有這麼懶，雖然總是趴著晒太陽，但不是這樣。」

小人參看到晏玄景也上桌了，聲音一下子變小了不少，軟綿綿地說道：「可能是懶所以才胖了吧？」

好像有道理。天天懶洋洋晒太陽，又吃得多，不就會長胖嗎？

林木看著牛奶糖，咬著湯匙，在放任小狗長胖和讓牠減肥之間猶豫了足足三秒的時間，然後非常乾脆地選擇了後者。

畢竟他們家牛奶糖以後是要成精的！萬一本體的體型會影響成精時的體型怎麼辦？要是長得不好看，牛奶糖怎麼找漂亮的女孩子？找不到漂亮的女孩子，牛奶糖一定會恨爸爸的。

林木的眉頭皺起來，覺得這不ＯＫ。

小人參看了看林木，又看了看小狗，出主意，「我今天可以帶牠去山裡抓野豬呀，多運動一下就好了，我看人類都說運動能減肥。」

晏歸顫了顫耳朵，警覺地看向了林木。

「好。」林木覺得這很OK。運動減肥，非常科學。

晏玄景坐在旁邊，吃著雞排聽著自家親爹被安排得清清楚楚，慢吞吞地喝了口粥，只覺得這口粥讓他從胃一直爽到了心裡。

晏歸經歷了一週的高強度鍛練之後，開始懷疑自己是不是下凡歷練渡劫來了。反觀他兒子，天天吃著大餐，屁股後面跟著小帝休，只需要偶爾給林木幫個小忙，處理一下那個建造中的溫室就能過得輕輕鬆鬆的。

晏歸叼著狗窩，站在林木房門口，怎麼想覺得自己怎麼慘。

林木看了看門後掛曆上用紅筆畫了記號的日子，捲起了袖子。

今天晏玄景沒有來，林木去院子把明天要交貨的盆栽都搬出來整理好，上樓列印了幾十個標籤出來，護貝好後小心地綁在那些盆栽上，依序拍照。

這一次要交貨的是個老客戶了，也是譚老師介紹的，是開高級飯店的，在A市有個頂級度假村。

因為盆景綠植的需求量不大、汰換速度也不算快的關係，對方非常喜歡向林木訂貨。一方面是供貨量剛剛好且便宜，另一方面是林木養出來的盆景賣相總是很好。最重要的還是從林木這裡購買的盆景，不需要經常打理也能生長得很好。

要不是林木一開始就十分堅定要考公務員，那位種什麼死什麼的老闆還挺想雇用林木當他的私人園丁。

有錢人家的院子特別大，每年綠化維護都要花上不少錢。

林木念大學的時候缺生活費，偶爾就會接幾個熟客大老闆的兼差，去他們的豪宅幫忙種植綠化。

林木並不是專門做這種綠化工程的，只是一些熟客知道林木的情況，會順手讓他賺個外快。

現在他畢業後有了正經八百的工作，已經很久沒有再接這種兼差了。

他把那些標籤拍好，傳給大老闆那邊的採購職員，得到了確認的答覆之後，又回陰涼的屋子裡拍了一張單獨的盆景，傳給大老闆。

那是大老闆半年之前訂的杜鵑，在刻意控制下到現在才結花苞，沒意外的話從結花苞到花期結束會有一個半到兩個月的時間，正好明天週末，可以送過去。

老闆事多人忙，林木一時沒收到回覆，於是收好了手機，轉頭去幫幾個小妖怪搭建溫室。

妖怪的實務能力向來很強，體力也遠比人類要好得多，再加上建材齊全，兩週下來，地基和梁柱都已經弄好了。

要不是顧忌林木還是按照人類的作息在過正常生活，這幫小妖怪晚上也能勤勉地繼續幹活。

林木走近的時候就看到人參娃娃正翹著屁股，幫地上的一塊木板上漆。

旁邊一塊地磚上放著平板電腦，上面有他們拿來參考的建築圖片。

人參娃娃背對著林木，對自己的小伙伴們童言童語地說道：「等溫室蓋好了，我們冬天都來這裡過冬。」

林木一愣，「過冬？」

小人參聞聲扭頭看過來，「林木你來啦！」

林木點了點頭，搬來另外一塊木板，也蹲下身拿了把刷子，幫忙刷油漆，一邊刷一邊說道：「為什麼還要來溫室過冬呢？」

小人參答道：「兩株含羞草剛成精沒多久，年年冬天都不好過，溫室暖和呀。」

林木豁然開朗，點了點頭，跟小人參有一搭沒一搭聊著天，等到天色完全暗下來才收工，摸出手機來看了一眼，發現老闆回覆訊息了。

說是明天有空正巧在家，可以送花去。

這種大老闆林木向來是親自送貨，厚著臉皮在人家面前賣弄怎樣也不虧。

他回覆了一個微笑的表情，剛走上樓，就看到狗窩橫在走道中央、整隻橫躺在上面睜著眼發呆的牛奶糖。

林木蹲下來，戳了戳小狗的肚皮。

晏歸有氣無力地翹了翹尾巴，連目光都懶得轉過來。

他覺得自己可能真的是下凡來歷劫的，不然怎麼會遭遇這些。

——偏偏這一切的始作俑者還是他兒子和賢侄。

前者天天對他嘲諷完就溜之大吉，後者他根本捨不得打也捨不得罵。想到帝休，他簡直是寵林木都還來不及，哪裡捨得打罵他。

倒是以前天天被他欺負的兒子得意得很。

不過沒關係，這問題不大。君子報仇十年不晚，何況他還有千千百百年。

晏歸想到這兩個小輩，不由得重重地嘆了口氣。

造孽。一定是命中註定有此一劫。

林木見小狗毫無動靜，乾脆一把將小狗抱了起來，感受一下重量，「……怎麼感覺沒什麼變化。」

晏歸：「……」這不是廢話。

林木看著有氣無力的小狗，把牠重新放回狗窩裡，輕輕揉了揉小狗的腦袋，給牠鼓勵，「要努力啊牛奶糖，你看我也在努力學飛。」

晏歸聞言，終於掀了掀眼皮，有些震驚地看向林木。

——你跟我說這幾天天天晚上爬屋頂跳樓是在學飛?!

林木的確是在學飛，打從他發現自己從屋頂上跳下來並不會摔斷脖子，能夠穩定落地之後，這一個星期天一黑就趁著村裡沒什麼路燈、晚上也沒什麼人出門的環境，爬上屋頂往下跳。

晏歸十分震驚。除了一部分鳥妖，誰家孩子學飛是從跳樓開始的？

尤其他想起教林木使用妖力的是他孩子之後，忍不住揣著自己少有的良心十分仔細地回憶了一下當年，然後發現這竟然是他造的孽。

想想他兒子，當初學會飛好像的確是這樣。

可是那次是個意外。誰能想到他背著自家兒子準備去隔壁串門子的時候，兒子在他背上小小的打了個盹，結果一不小心就滾下去了呢？

誰都想不到，晏玄景和晏歸也都沒想到。

但晏玄景骨骼清奇，不僅毫髮無傷甚至還十分機敏地學會了飛。

不過帝休跟九尾狐是不一樣的。九尾狐本質到底還是動物，想要快速成長起來，基本上就是在家裡打好基礎然後扔出去混。

利用魅惑也好，利用尖牙利爪也好，利用頭腦周旋得利也好，什麼樣的手段都無所謂，能依靠其中之一自己成長起來即可。

絕大部分大荒的妖怪都是如此，九尾狐更是世世代代都這麼幹。

成功活下去並回族裡的，多半都能變成強到不行的大妖，而活不下去的，早就死在外頭了。

生死有命，自己不爭氣死了怪誰。

但帝休是不一樣的。別的不說，除了帝屋那種類型的，誰家植物成精的妖怪會喜歡打打殺殺？

青丘國那些花花草草的妖怪，不是沉迷種田就是沉迷晒太陽結果，種出來的糧食結出來的果還能賣錢，賺夠了錢就買一塊靈氣旺盛的地，繼續種田晒太陽結果，每個都與世無爭得很。

雖然也有很多例外，但整體來說，植物妖怪的生存方式是非常和平的。因為他們不需要廝殺，也能夠隨著時間推移慢慢成長。

不過他們本身很容易引來別的妖怪的覬覦，大多都需要找個強盛的勢力投靠，才能安安心心生活。

各方勢力對於植物妖怪都是敞開大門的。畢竟妖口那麼多，大家都要吃飯嘛，別的妖怪又不喜歡種田。

只是林木這種方式顯然跟他們背道而馳，但竟然還適應得挺好。

說到底實力才是握在手裡最有用的利刃——但帝休肯定不會用這種方式來教育兒子。

晏歸潛意識裡挺贊同這種教育方式，但他想到帝休，摸著自己隱隱作痛的良心，開始有點慌了。

要是帝休知道因為這種歷史問題導致林木沉迷跳樓，他恐怕會被踢出山谷並列進黑名單。

可是帝休自己現在是什麼狀態都沒人知道呢。

讓林木先有點自保能力這個想法完全沒問題啊！

老狐狸在「被踢出山谷並列進黑名單」和「小帝休先這麼學也沒問題」之間沉思許久，看著林木摸爽了狗上屋頂去的背影，一把爬起來，決定現在就行動，馬上就行動，不能再等了。

到時候帝休有意見，讓他去罵晏玄景就好了！

晏歸毫無心理負擔地給自家兒子背了個大黑鍋。

反正兒子跟小帝休關係好，問題不大。但身為他老子，以後總不能天天蹭賢侄，丟不起那狐。

晏歸把狗窩叼進林木臥室放好，從側門竄出去，一溜煙跑得不見蹤影。

晏玄景在跟青要山的山神打牌。

山神不愛說話。

晏玄景也是沒事不開口的，兩個非人類仗著在晚上看得清清楚楚，找了塊平坦的岩石，沉默地面對面坐著，因為抓不到第三個妖怪湊數的關係，他跟山神兩個玩起了排七。晏歸開溜的時候晏玄景轉頭看了一眼，只覺得隱約有股涼意。他眉頭微皺，還沒來得及細細思考，就發覺他爹一溜煙往東邊去了。

晏玄景反應過來，略一沉思，想起東邊是吳歸他們所在的方向。看來是終於受不了天天被抓來滿山遍野跑，終於準備去幹正事了。

晏玄景慢吞吞地收回視線。前兩天林木才跟他說吳歸那邊音訊全無，好的壞的都沒有。不過在晏玄景看來，沒有消息就是好消息。

畢竟帝屋現在到底是什麼情況，誰都不知道。沒傳回死訊就是好事。

晏玄景慢條斯理地從自己的牌堆裡抽出了一張，把面前的牌收了個精光，然後看著山神空蕩蕩一張牌都沒剩的雙手，十分矜傲地揚了揚下巴。

本少國主沒有死角，哪怕是打牌。

林木跳完了今天份的樓，洗漱好準備上床的時候，發現牛奶糖已經十分自覺地跳上了床。

「又回來啦？」林木揉了揉狗頭，「之前不是都不願意跟我睡了嗎？」

寧願在床邊放個狗窩也不樂意上床的樣子。

晏玄景偏頭看了看林木，十分端正地坐著，兩隻前腳交疊，顫了顫耳朵。

林木看著這個熟悉的姿態，突然感到了一陣安心。

牛奶糖果然還是他熟悉的那個牛奶糖。

林木關上了燈，鑽進被窩裡，小小聲地跟自家小狗說了聲晚安。

晏玄景尾巴一甩，搭在了林木身上。

眼看著林木漸漸睡過去，在月華逐漸濃郁之時，晏玄景動作快狠準，在林木毫無所覺的時候把他塞進被子裡捲成了一條春捲。

晏玄景把林木春捲露出來的邊緣安穩地壓好，看了一眼他爹走前放在床邊的狗窩，一張毛茸茸的狐狸臉上露出了嘲諷的神情。

呵。傻了吧。

我就能睡床。本少國主沒有死角。

林木一大清早把幾個小妖怪都趕進屋子裡，等德叔來了，把該搬的貨都搬上車。德叔進廚房掀開了鍋，發現鍋裡有一大碗紅燒肉，還有兩大碗小米粥。

德叔有些驚訝，拿碗分出了一半的肉，跟粥一起端到門口臺階上坐著吃，看著忙碌的林木，說道：「大清早的煮紅燒肉啊？」

「嗯？」林木一頓，意識到小人參今天做的早餐是紅燒肉，「是啊，吃飽了才有力氣工作。」

德叔吃了一口，誇道：「好吃啊！」

林木轉頭看了一眼，發現蹲在二樓小陽臺的人參娃娃臉頰紅撲撲的，肉眼可見的高興。

小人參並不懂人類對健康飲食的講究，德叔也不介意那一大碗閃著油光的紅燒肉，吃了個精光，連湯汁都拌著小米粥喝了個乾淨。

德叔進去洗好碗出來，林木正在進行最後一遍確認。

他看了一眼林木院子裡搭好梁柱的溫室，問道：「你這是在蓋什麼房子啊？」

「溫室啊，種菜養花，就是個好看點的大棚子。」林木一邊核對一邊答道：「有些花很嬌貴，想養好還是得有這東西。」

德叔豁然開朗地點點頭，等到林木把東西確認完了，拉開車門，停頓了一下，像是想到了什麼，轉頭看向林木，「對了，有聽說我們村子要拆遷了嗎？」

林木一愣，回頭看了一眼這個他住了二十多年的小院子，張了張嘴，「……什麼時候啊？」

德叔上了車，聽林木這麼問，從車窗裡探出頭來，「不知道，就只是聽說。」

林木點了點頭，目送著德叔的貨車離開，深吸口氣，有些無措地看了這院子一圈。

「林木林木！」小人參從屋裡跑出來，背後跟著牛奶糖，張開雙臂抱住了林木的大腿，「那個人類誇紅燒肉做得好耶！」

林木收回視線，深吸口氣，摸了摸小人參的腦袋，「是啊，我也想要試試。」

小人參拉著林木的手，一步一跳地往屋裡走。

林木吃飯的時候小人參爬上他旁邊的凳子，抱著平板，一張小臉蛋上滿是嚴肅的神情。

林木咬著肉喝了口粥，探頭看了一眼螢幕，含糊道：「糖醋排骨？」

「對呀！」小人參把螢幕舉起來，「上面說苦夏要吃點酸酸的東西開胃！」

林木看了看外頭短短半小時就變得過於熾烈的陽光，抬手摸了摸自己的頭頂。

六月底天氣越來越熱，連偶爾掠過的風都帶著一股熱浪，吹一下渾身就冒出汗來，家裡幾個小妖怪包括他自己在內，頭上的小幼苗都不願意探出頭來了。

天氣一熱起來，家裡一樓的幾間花房也得做降溫處理才行。

林木想到這裡，就覺得週末的時間有點不大夠用了。

他趕緊吃完早餐，拍了拍小人參的腦袋，又用力揉了一把小狗，「我今天有事，你們在家自己注意安全，要是有人來記得躲起來。」

小人參軟軟地答了句「好」。

牛奶糖微微歪頭，顫了顫耳朵表示知道了。

林木看著牛奶糖，忍不住又抱著小狗吸了一口，在牠腦門上狠狠親了一下，然後搬著那一盆杜鵑，推著摩托車離開了家。

被親了一下的晏玄景愣了許久，直到有一股暖風從大開的門扉吹進來，他才回過神來，抬起前腳輕輕摸了摸被親到的地方。

小帝休身上香香的，是牛奶沐浴乳和帝休本身的清冽草木香。

晏玄景的尾巴微微翹了翹，被風擦過的耳尖絨毛帶來一股細微的癢意，讓他忍不住壓下了耳朵。

糟了。狐狸精放下了前腳，沉默了好一會，開始思考這一週老狐狸有沒有享受過這樣的待遇。

——如果有的話，就找個老狐狸睡覺的時候，把牠的毛剃光好了。

晏玄景最近途經人類的城鎮時，沒少看到被剃了毛的狗。

極醜，非常適合那隻為老不尊的狐狸。

遠在外地的老狐狸感覺背脊一涼，渾身毛都豎了起來。

哪個垃圾想暗算老子！晏歸警覺地抬起頭四顧，卻一個人都沒有發現。

他眉頭一皺，把這事暫時放到一邊，一躍翻過了度假村的電網，循著隱隱約約的帝屋氣息，繞開來來往往的人類尋找了起來。

林木到了住宅區門口，跟保全打了聲招呼，登記好名字，騎著摩托車熟門熟路地找到了大老闆的房子。

這是A市一個出了名的別墅住宅區，地段好占地大，價格也非常美麗。

據說住在這住宅區裡的人非富即貴。

林木對這些並不怎麼懂，只知道以這裡的房價，他努力好幾年都買不起一間閣樓。

他停在一個院子外，按響了門鈴。院門應聲打開，林木找了個不會擋路的角落把摩托車鎖好，抱著杜鵑花進了院子。

來開門的是個穿著睡袍吊兒郎當的男人。這是林木的熟客之一，姓趙，今年四十出頭，接手家業後做得有聲有色，相當厲害。

這人興趣愛好不多，玩玩花草算是其中之一，不過因為工作忙，在養花這件事上又笨手笨腳，導致養啥死啥，最後乾脆三不五時讓林木幫他養看上的花，養到結花苞了再送過去給他。

「趙叔，我來送杜鵑花給您。」林木說道。

「好好好。」趙叔看著林木抱著的杜鵑花，十分欣喜，想要接手又怕自己笨手笨腳弄壞了。

「我幫您放到花房裡去吧。」林木說道。

趙叔搓搓手，「好！」

林木抱著花盆，放到了大老闆的花房裡。

有錢人的花房跟林木窮得要命的溫室不太一樣，花房裡配合不同的需求隔出了好幾間房間，每間房間都是恆溫的，哪怕不是當季，房裡也依舊開著不少花。

林木把杜鵑花放在了合適的恆溫房裡，還看到了之前送來的幾盆蘭花和幾株十分熟悉的牡丹花。

那是他養的首案紅，也是這位大老闆指定要的。出了名的好養，前陣子才送過來的，現在眼看花期已盡就枯萎了，不由得心裡一痛。

趙叔跟在他後頭，順著他的目光看過去，乾巴巴地「啊」了一聲。

林木湊近去看看，覺得還能救一救。

按照慣例，林木每次送花來都會免費幫大老闆照顧一下花，這次也不例外。

林木在花房裡一株一株慢慢整理過去，趙叔跟在他後頭正經八百地學著擺弄。

這個場面並不陌生，但林木並不覺得這有什麼屁用。

反正大老闆去出個差回來再進花房，八成就又把怎麼照顧這些花花草草給忘了。

林木剪下了最後一枝花，剛把工具放下，就聽到大門口傳來的動靜，「趙叔，我好像聽到門鈴聲了。」

花房距離母屋和大門都很遠，趙叔什麼都沒聽到。

「那我去看看。」趙叔覺得自己這次一定記住怎麼照顧這些花花草草了，於是推開了花房的門，直奔著大門而去。

林木也跟在他後頭，打算順便離開。

趙叔打開門，一道人影如風般颳了進來，驚慌失措的樣子，嘴上喊著：「老趙老趙，快點幫我把我的畫轉移到別處，老頭子要來查勤了！」

趙叔愣了兩秒，卻沒有對衝進來的人做出回應，而是扭頭看了一眼林木，然後收回視線，對衝進來的人使了個眼色。

那人順著他的目光看向林木，一下子怔住了。

林木也怔住了，他看了那個人半晌，又看了一眼趙叔，向兩人點了點頭，平靜地說道：「那我先走了。」

林木在兩人沉默的注視下走出了院子，騎著摩托車離開了。

院子裡的兩個中年男人面面相覷，然後一同露出了頭疼的神情。

「不是，小木在這裡你怎麼沒有先跟我說呢？」林宏盛率先出聲。

不想被嫁禍的趙叔冷哼一聲，「哦，現在叫小木了，這麼多年也沒見你自己關照他一下。」

林宏盛一下說不出話來，摸出根菸點上，小聲嘀咕，「我哪能啊，老頭子退休之後可是天天盯著呢。」

「哼，孬種。」趙叔罵道：「兄弟兩個還沒有一個女孩子膽子大，沒出息！」

林宏盛猛吸了口菸，也沒反駁。

林家三個，的確是排行老二的林雪霽膽子最大。

林老爺子控制欲極強。大哥林宏闊當年體能極好，被國家隊選中了想去當國手，直接被老爺子打斷腿扣了下來，壓著腦袋念金融去了。

三弟林宏盛從小黏著姐姐，喜歡畫畫，哥哥姐姐拿著打工賺來的錢悄悄地讓弟弟去學畫畫，被老爺子發現，三個小孩全被打了一頓跪了整個晚上，然後林宏盛被壓著腦袋從政去了。

反抗到底的就只有二姐林雪霽，喜歡研究花花草草的愛好每被打壓一次，就跟林老爺子打一次架。

林家小孩是從來沒有零用錢的，不過林宏闊腦子靈活，跟同學借了點錢弄了一些小生意，賺零用錢支持自己和弟妹的愛好。

大哥覺得自己是沒戲唱了，但弟弟妹妹還可以爭取看看。

結果林雪霽在高中被父親帶去出入了幾次社交場合就要被拍板訂婚，氣得直接改掉了老爺子示意填上的金融系志願直奔植物學。

大學念完壓根沒準備再考個金融的研究所，天天跟著指導教授跑野外，相親安排幾次溜幾次，跑著跑著就跑了個孩子回來。

然後就沒有然後了。

林家兩兄弟連自己姐妹的最後一面都沒見到，葬禮更用不著說。

兄弟倆每次想去看侄子還得偷偷的。

「你們過這種日子有什麼意思？」趙叔問。

「是沒什麼意思，等老頭子走了就好了。」林宏盛抽著菸，嘆了口氣，「好了，別說這些了，你要是有這麼個爹也比我好不到哪裡去。」

趙叔不說話了，轉頭幫林宏盛把他屋子裡收藏的畫全都搬到了自己家。

林木出了住宅區，停在路邊愣了好一會，摸出手機來發了封簡訊給譚老師，問趙叔這個客戶是不是他介紹的。

那邊的答覆難得來得很快，說不認識。

可是趙叔當初找上他的時候說是譚老師介紹來的。

林木深吸口氣，緊抿著唇，心情有些複雜。

那個看起來跟趙叔關係頗好的人，按照親緣關係，是他的小舅舅，林宏盛。

林木想起趙叔的反應，又看了看手機裡譚老師的回覆。

他不傻，到了這份上，他自然不會不明白一直以來都很照顧他生意的趙叔到底是誰介紹的——甚至在誰的拜託下對他關照有加。

只是林木想不明白。

當初媽媽走了的時候，家人中除了外公，兩個舅舅連出現都吝惜，現在又在這裡裝什麼好人。

「……」好煩。林木把手機重新塞進口袋，不再去想這件事，悶頭騎著摩托車回家。

林木心情不好。

院子裡幾個小妖怪和牛奶糖蹲在一起，看著林木十分平靜地跟他們打過招呼之後，面無表情地上了樓，相互看看，最後推推擠擠把牛奶糖推到了最前面。

人參娃娃童言童語地鼓勵牠，「上吧牛奶糖，養你千日用你一時！」

外表是少年的馬鈴薯精十分嚴謹，「我之前看影片，人類都說毛茸茸的動物是治癒情緒的良藥。」

「對呀對呀！」

「林木也有一半是人類。」

兩株含羞草一唱一和。

晏玄景扭頭看了四個小妖怪一眼，在他們殷殷期盼的神情之下爬上了樓。

然後被林木無情地關在了媽媽的工作室門外。

「……」牛奶糖看著險些拍到鼻子的門，沉默了兩秒，轉頭下了樓。

看來牛奶糖恐怕沒用，得叫晏玄景過來救場才行。

林木窩在工作室的椅子上，看著桌上攤開的相簿發呆。

媽媽留在家裡的相簿和記錄裡根本沒有關於她家人的情報，一點點相關的訊息都沒有留給他。

林木一直覺得媽媽之所以一點資料都沒留，是因為跟家裡撕破了臉，沒有再跟家人聯繫的必要。

這十幾年來，母子兩人雖然過得並不富裕，很多東西都需要精打細算再買，但至少吃得飽穿得暖。

生活物質要求沒那麼高的話，的確沒有什麼跟外公那邊聯繫的必要。

媽媽連野外打滾都能承受得住，當然也承受得住這種普通的生活，這麼多年下來苦也好累也好，都過得開開心心。

也的確沒有遇過什麼非得聯繫外公不可的困難。

所以林木也一直就當自己沒有別的親人存在了，反正也沒有影響。

林木發著呆，放在桌面上的手機微微震動了一下。

他偏過視線看了一眼，螢幕推送的是大老闆傳來的簡訊。

林木拿起手機解了鎖，發現大老闆又跟他下了三盆仙客來的單。

他頓了頓，指尖在螢幕輕敲了好幾下，卡住了兩秒，又把打好的一大串字刪掉，然後回了個「好」字過去。

還沒來得及放下手機，大老闆那邊又傳來新訊息。

他問林木：**沒什麼想問的嗎？**

林木的指尖在螢幕上輕晃了一會，有些不知道應該怎麼回答。

他想問的可多了。但自己想想，其實也就想通了。

人家趙叔這麼有錢的人，為啥總是隔個大半年就跟他下單買盆栽？

先不談那些花花草草好不好養這種問題，哪怕是再難養的花，每年到了花期，花卉市場和各種花卉展什麼類型的花不都能買到？

就算是林木自己，也會抱著養得比較好的花花草草去湊個熱鬧，還在花卉展得過獎，拿到一筆獎金。

更別說因此而認識一些想要買花的老闆了。

但這些老闆根本不會提前一年半年向他訂花，還一個月要兩三盆。

林木叫趙叔大老闆，就是因為他提供的生意實在是太多了。

多到什麼程度？林木一年賣出去的花，除了一些高級場所的小額訂單之外，有近乎四分之一是趙叔的。

說是幫朋友訂的，自己要的，送長輩的，各式各樣的名目。

現在一想，簡直就像是特意在送錢給他。

林木在螢幕上猶疑不定的手指頓了頓，打了一串字，猶豫了一下，把林宏盛三個字刪掉，改成了小舅舅。

過了一會，又把小舅舅刪了，改成了代稱的「他」。

林木問大老闆：**您找我買花是他的意思嗎？**

手機那頭的林宏盛看著這個回覆，苦著一張臉，轉頭看向喜孜孜地看著林木送來的那盆杜鵑花，一副愛不釋手模樣的朋友。

「這個我該怎麼回覆啊？」

趙叔探頭看了一眼，把手機拿過來，十分嚴肅的回道：**我喜歡花，他介紹的，除了你的花之外沒有人種的花能在我手下活過三個回合**。

林木看著這封回覆，愣了兩秒，想起第一次去大老闆家花房時看到的慘狀，忍不住抿著唇笑了笑。

他曾經建議這位大老闆請個專門的園丁負責照顧，但大老闆很倔強，始終覺得自己可以。

結果最後還是靠他一兩個月去一次，稍微幫著照顧一下。

林木看著手機，托著腮思考了好一會，想著應該怎麼回覆，那邊就接二連三發來了長長的訊息。

說了一些媽媽那邊的家務事。

林木慢吞吞地看完，內心對於他那兩個舅舅並沒有什麼感觸。

就是兩個普普通通的人而已。不願意接受完全掙脫家庭帶來的風險和損失，卻又試圖在享受好處的同時追求自己的人生。

一些父母會選擇放縱孩子，給他們一片天，然後讓他們自由成長；而另外一些則會嚴格掌控孩子，視他們為自己的所有物，不允許他們往自己定下的道路外邁出一步。

外公顯然是後者，而對於兩個想要飛翔卻沒有勇氣掙脫桎梏的舅舅來說，不過是世事不如他們所願罷了。

大舅舅是個膽小鬼，自己失敗之後就寄望於弟弟妹妹。小舅舅總是被兄姐寵著保護著，顯然對面對外公這事犽得厲害。

兩個舅舅一個四十五一個五十多了，還活在外公的陰影下，連參加姐妹的葬禮、照看一下流落在外的侄子這種小事，都要偷偷摸摸看別人臉色，兩人也沒成功到哪裡去。

媽媽乾脆地脫離了，看起來反而是過得最自在的。

林木看著被他滑到底的聊天記錄，內心毫無波動。

人活在這世上，誰身上沒有幾個故事。

不過一碼歸一碼。

雖然對他們的事情沒有什麼感覺，但人家給自己的方便怎麼也該回報一下。

林木敲著手機螢幕，回了個謝謝，思考著應該怎麼回報這些年來他壓根沒發現的兩個舅舅的善意。

他終於知道自己記仇這個性到底是像誰了。

就是說嘛，夢裡的爸爸看起來溫溫柔柔、文文靜靜的，怎麼都不像是會記仇的性格。

原來是遺傳媽媽的。

現在想想，媽媽要他叫外公來收屍，除了那麼點故意的成分之外，可能還是希望兩個兄弟能來這裡走一趟，以後照看一下他。

尤其媽媽住在A市郊外這麼多年，也沒見過幾個親人，大概是因為外公有在中間作梗。

畢竟A市說大也不大，他們在郊區住了這麼多年，還在當地買了房子，外公怎麼可能不知道這件事。

可是這麼多年來，林木根本沒有見過半個媽媽那邊的親人——別說來訪了，連電話都只有幾個朋友和指導教授會打來。

只不過記憶中的媽媽總是十分溫柔的樣子，實在看不出骨子裡叛逆得這麼厲害。

林木放下手機闔上相簿，偏頭看了一眼窗戶外，二樓恰巧能看到正在建造的溫室屋頂。

幾個小妖怪正小心地把玻璃放上去，塗上防水膠和保護塗層，還時不時扭頭看一眼房間。

悄悄往房間瞄的小含羞草跟林木對上視線，愣了兩秒，對林木露出個羞怯的笑容，高興地揮了揮手上的刷子。

這一揮，刷子上沾著的膠被甩出去，黏了旁邊的小馬鈴薯滿頭滿臉。

林木和幾個小妖怪一驚，顧不上自己難過還是別的什麼了，從椅子上一蹦跳起來，急匆匆衝出了房間。

小馬鈴薯委屈地變回了原形，讓林木幫他擦掉身上沾著的膠。

做錯了事的小含羞草在一邊連聲道歉，急得兩眼紅彤彤的，一副下一秒就要哭出來的樣子。

大含羞草在安慰兩個小伙伴，眼看著安慰好像沒有用的樣子，自己也吸了吸鼻子，眼淚滴滴答答。

人參娃娃急急忙忙從屋裡端出了幾碗奶酪，輕聲細語安慰著幾個小伙伴，每人一碗奶酪。

但小伙伴怎麼都哄都沒用，小人參也跟著急紅了眼，吸著鼻子端著碗，眼巴巴地看著林木。

林木：「……」

他沉思了一陣子，才問道：「你們還沒有名字吧？要不要給自己取個名字？」

幾個小妖怪一聽，齊齊停下了抽抽搭搭的動作。

晏玄景在外面轉了一圈，提著一籠子「咕咕咕」叫著的鴿子回來的時候，就看到日華縈繞的院子裡，林木蹲在院門口的水井旁邊，正拿著顆馬鈴薯清洗。

旁邊圍著三個小不點，兩株含羞草正一勺一勺挖著奶酪，而林木空不出手，人參娃娃就兩眼亮晶晶地一勺一勺餵他。

看小人參小臉蛋紅撲撲的樣子，彷彿十分陶醉於餵食林木這件事。

晏玄景打量了一下林木的神情，覺得這個狀態好像不需要安慰了。

他走過去，掃了一眼這幾個小傢伙，說道：「今天吃馬鈴薯？我帶了鴿子過來。」

三個小妖怪連帶林木齊齊一頓，轉頭看向提著鴿子的大妖怪。

人參娃娃端著奶酪的動作都有點顫抖，用一口軟綿綿的聲音結結巴巴地說道：

「你你你……您別吃林馬鈴薯啊，他剛成精不久，不、不好吃的。」

林馬鈴薯？

晏玄景有那麼一瞬間的茫然。

「他們剛取的名字。」林木解釋道，依序指給晏玄景看，「林人參，林馬鈴薯，林大羞，林小羞。」

「……」看得出是沒讀過書才取得出的名字。

晏玄景看了一眼林木手裡的馬鈴薯，這才發覺這不是普通馬鈴薯，是那個小妖怪。

沒辦法。林木喜歡吃馬鈴薯，這會又到吃飯時間了，看他這麼認真地清洗馬鈴薯，一時沒注意。

「不吃他。」晏玄景說道，把手裡的鴿子放到了旁邊。

林木看了一眼鴿子，「想吃啊？」

晏玄景點了點頭。

林木說了聲「好」，把小馬鈴薯身上的最後一點點膠水擦掉，剛放手小馬鈴薯就一溜煙滾進土裡，躲著不願意出來了。

小人參收好碗，拉著兩株含羞草，也蹲到了一旁，對剛剛做出可怕發言的晏玄景探頭探腦地觀察。

林木進屋去燒水，晏玄景看了他的背影一會，俯身從籠子裡抓了隻鴿子出來，

「喀」的一下擰斷了鴿子的脖子，下手快狠准，力求以最短的時間讓鴿子掛掉，然後割開這隻鳥禽的脖子，放血。

旁邊幾個暗中觀察的小妖怪齊齊嗚咽了一聲。

他們不是沒看過晏玄景跟林木打架時那凶狠俐落的身手，但林木到底還是能很快就活蹦亂跳。

要說晏玄景宰殺動物，他們還真沒見過。

「好、好凶。」小含羞草吸了吸鼻子。

「嗚嗚嗯嗯。」小人參點了點頭。

小馬鈴薯湊過來嘀咕，「林木殺的時候你們怎麼不說他凶。」

小人參一愣，立馬上演了一齣雙重標準戲碼，「那能一樣嗎！」

另外三個小妖怪聽他這麼一說，略一思考，竟然一齊搖了搖頭。

不一樣。的確不一樣。

林木溫溫柔柔漂漂亮亮的，哪會跟這隻九尾狐一樣嚇人。

角落窸窸窣窣的動靜晏玄景聽得清清楚楚，他懶得去管，只是轉頭看向從屋裡出來的林木。

林木對他揮了揮手機，高興地說道：「是大黑打過來的！」

晏玄景點點頭，並不意外。

林木跑過來，按了擴音。

大黑是來向林木報平安，順便說一下任務進度的。

這種任務還是得有第三人知道，不然他們死光了任務記錄就會消失得一乾二淨。

大黑說他們這次出動了四個妖怪和三個人類，結果一到現場就被帝屋布下的陣法困住了。

「我們被新來的一個大妖怪救出來了，不過帝屋沒有要殺我們的意思。」大黑看著這棟度假村內的別墅，說道：「冰箱留下來的食材和現成的食物、飲用水、水果，都夠那幾個人類吃上一個月了。」

原來如此。

林木這下明白他之前打電話給帝屋的時候，對方說不用在意到底是什麼意思了。

大黑嘀咕道：「我看帝屋好像沒有要動我們的意思，就是想拖住我們。」

「那很好啊，你們身上本來就沒有因果嘛。」林木有些高興地說道。

「嗯，這的確是好消息，但出來之後我們收到了兩個壞消息。」大黑想到剛剛收到的消息，覺得有點頭疼，「帝屋又滅了座道觀，照舊掘地三尺殺得片甲不留，連池塘裡養的魚都沒放過，這是其一。」

「……」林木張了張嘴，又閉上，「那其二呢？」

「那個道觀，除了帝屋的氣息之外，還有帝休的氣息。」大黑說：「帝休你知道嗎？上古神木之一，跟帝屋同等級，相傳他倆關係挺好，具體我不大清楚……」

大黑還在那邊碎碎念地說著，林木卻整個人都當場愣住了。

晏玄景後知後覺地看向林木，卻發現林木兩眼通紅，有星點眼淚湧了出來。

狐狸精微怔，有些無措地看著馬上要哭出來的林木，半晌，學著林木以前安慰小人參的樣子，拍了拍他的頭。

「你沒洗手。」林木開口時帶著點哭腔。

晏玄景低頭看了看自己還沾著點鴿子血的手，「……」

林木想到晏玄景九尾狐的身分，又想到晏玄景的父親曾經是守護帝休山谷的大妖怪之一，吸了吸鼻子，「你早就知道了是不是？帝休……我爸爸的事情。」

晏玄景卡住了兩秒，遲疑一下，點了點頭。

林木紅著眼瞪著承認的晏玄景，一時之間竟然說不出話來。

晏玄景看著林木這副惱怒又難過的樣子，微微抿唇沉思，與林木對視半晌，突然露出恍然大悟的神情，在林木的瞪視下走近了兩步，微微俯身在林木的額頭上親了一下。

他開口，聲音微微放軟了些許，像是高山冷雪在陽光下化成了流淌的叮咚清泉。

「不要哭了。」他說道。

第十章

Public Office of
Non-human
Affairs

晏玄景這還是跟林木學的。

林木今早出門前親了他的腦門一下，晏玄景記得那種奇妙的酥麻和甘甜的滋味，覺得非常溫暖舒服。

他覺得也許林木心情不好的時候，親一下會舒服一些——畢竟他也想不到什麼別的安慰方式了。

大荒之大，哪有幾個能讓他晏玄景安慰的妖怪。

長輩根本不會在他們面前流露脆弱，同輩之間哪怕是朋友也多是競爭為主，小輩就更用不著說了。

還沒有敢跑到他面前來嗚嗚哭著撒嬌的小輩呢。

在晏玄景既有的概念裡，很少有遇到事情會哭泣的妖怪。

準確來講，應該說是沒有目的而哭泣的妖怪。

要在大荒生存，很多時候，妖怪的一顰一笑一舉一動，都抱有著目的。

為了魅惑別的妖怪、為了求生、為了表示自己的不滿或者是挑釁等等——反而純粹因為宣洩情緒而哭泣的妖怪，晏玄景極少見到。

很多長輩都告訴他，那是弱者的表現。

但晏玄景從不否認弱者存在的價值。

哪怕是九尾狐，也有不少天生力量不強，但依舊可以利用別的方法爬上頂端攪動風雲。

只不過雖然不否認弱者存在的價值，但晏玄景也不怎麼認同他們。

因為哭泣無濟於事，最重要的還是面對問題，並想辦法解決。

但林木這個情況，好像又有點不一樣。

把大黑他們救出來的那個大妖怪八成是晏歸，而大黑給的情報，也恰恰證實了晏玄景和晏歸之前的猜測。

帝休步上了帝屋的後塵，而與他關係頗佳的那群大妖怪，不僅毫無所覺，甚至還找不到。

幾千年下來，不論是大荒還是中原，他們都沒能找到鎮壓帝屋的地方。

哪怕是從那些擺明是被帝屋的力量浸潤、變得百邪不侵萬鬼辟易的地方，往上走衝進天庭，往下走踏入冥地，也沒能找到，還引來了天上地下一路人追殺。

這次如果不是帝屋自己出來，還找到帝休了，誰知道會怎麼樣。

晏玄景看著怔愣的林木，解釋道：「我之前也只是猜測。」

林木聽他這麼說，紅著眼睛瞪他，一點都沒有以前看他的時候那樣軟綿綿甜蜜蜜的神情，只是十分冷漠地「哦」了一聲，摸了摸被親的額頭，轉身進了屋子，在晏玄景面前關上了門。

一天吃了兩次閉門羹的晏玄景，聽到門後栓上門閂的聲音。

「……」晏玄景站在門外沉默許久，想到林木進屋前的樣子，抬手摸了摸心口，感覺不大好。

有一股淺淡的焦慮感和像是被針刺到的細細密密的疼痛。並不濃烈，但讓人很是難受。

小帝休的情緒實在令人擔憂。

晏玄景想了想，決定化成牛奶糖再去試試，卻察覺到四股涼颼颼的視線。

狐狸精偏頭，就看到牆角四個小蘿蔔頭一個疊一個地探頭，見他看過來了，頭一次沒有縮脖子躲起來，而是氣呼呼地瞪著他。

「壞蛋！」

「壞妖怪！」

「占林木便宜！」

「還弄哭林木！壞人！」

晏玄景眼神一厲，幾個小妖怪瞬間往地裡一鑽，一下不見了影子。

狐狸精不跟這些小妖怪計較，他又看了一眼反鎖的門，轉頭走出了小院子，決定去找山神要點能平心靜氣的小玩意來。

這種小玩意，像晏玄景這種本身就十分冷靜的妖怪根本就不需要，所以也沒有隨身帶著，但林木顯然需要。

帝休這種神木就是這點非常不好，力量向來只能影響別人，自己想要忘卻煩惱拔除愁緒的時候，卻只能吃果實。

這大概就是所謂的醫者不自醫。

晏玄景走了，幾個小妖怪從土裡跑出來，相互看看，最後還是小人參踮著腳打開了側門。

從側門輕手輕腳地走進去，發現林木躲進了房間裡，也不敢打擾，在房門口晃了幾圈，就氣呼呼地捲起了袖子，轉頭回院子去處理晏玄景留下的那幾隻鴿子。

林木把房間的門窗關得死緊，也拉上遮光窗簾，拉著被子往床上一躺，看了一眼手機，發現通話早已經結束了。

他頓了頓，看了一眼通話時間，也不知道大黑那邊有沒有聽到。

大黑的確聽到了。

他剛從震撼的消息中回過神，就聽到電話那頭晏玄景用過於溫和的聲音哄林木，一時間只覺得牙疼得厲害。

——這兩個是不是有計畫在試圖閃死單身狗。

大黑十分憤慨，但這並不是他掛電話的重點。

重點是帝休跟帝屋在一起，被帝屋滅掉的那個道觀，除了帝屋的氣息之外，也有帝休的氣息。

而且時間不算短，哪怕帝屋用那些人的血煞試圖把氣息遮住，也依舊被察覺到了。這邊一被救出來就得到了情報，於是那個把他們救出來、本來心情還不錯的大妖怪瞬間就氣炸了。

大黑這通電話打得不太合時宜，站在一邊無聲散發著怒火的大妖怪警覺地捕捉到了他話裡的幾個關鍵字，在大黑無聲聽完了那頭的對話時，悄然走到他身邊，伸手按掉了他的電話。

大黑對上晏歸黑漆漆的雙眼，只覺得像是驟然間墜入了深淵，他在深淵裡漂浮著，聽到四面八方傳來「你不知道林木的身世」的聲音。

然後他點了點頭，說道：「我不知道。」

於是晏歸收回視線，氣沖沖地去找這次行動的負責人要地址了。

他跟這群沒用的妖怪和人類不一樣，現在趕過去，說不定還能循著氣味直接找到帝屋。

林木躺在床上，看著「吱呀吱呀」轉著的小電風扇，半晌，摸出手機來，撥通了帝屋的電話。

帝屋對林木打來的電話總是接得飛快。

他現在正十分嚴肅地看著躺在桌上的玉石，和拼湊著勉勉強強有兩個巴掌大的帝休木殘骸。

帝休的殘魂又找回來了一部分，剛融合好。剛找到的那一部分因為一直都在道觀裡的關係，怨氣竟然並不深重。

而現在，帝屋和帝休兩個正試圖把殘魂轉移進那塊兩個巴掌大的本體殘骸裡。

有了本體的殘骸，哪怕找不回全部的本體和魂魄，找個靈氣充裕的地方扎根養個幾千年上萬年，也能慢慢養回來——雖然帝屋擺明不打算在這件事上善罷甘休。

帝屋就比較慘了，時間過去太久，還一直被壓榨，甚至不能回大荒取回曾經屬於自己的力量，因為那份力量對於現在脆弱的他來說根本承受不住，哪怕曾經是屬於他的。

不過在如今的中原倒是可以肆意橫行。

帝屋看了一眼亮起來的手機螢幕，接通了按下了擴音。

「喂？」林木那邊的聲音聽起來委委屈屈的，還帶上了一點鼻音。

不是感冒就是哭了——但半妖體質再怎麼差，也不至於隨隨便便就得感冒這種小毛病。

帝屋看了一眼玉石和小木塊之間波動起來的淺淡光輝，輕輕撥弄了那些光輝一下，示意他稍安勿躁，「發生什麼事了？」

林木一隻手揉著被角，想到大黑剛剛透露的情報，緊抿著唇，小小聲訥訥地問道：「帝屋，我……我爸爸呢？」

林木說這兩個字的時候舌頭有點僵硬，大概是因為很少有機會能夠說出口——又或者他太緊張了。

帝屋的眉頭一皺。

「我知道了，爸爸跟你一樣了是不是？」林木吸著鼻子問道。「你是不是已經找到他了？他怎麼樣？還好嗎？有沒有我能幫忙的地方？」林木越說鼻音越重，到了最後，電話兩端沉默了許久，林木才小心地問道：「我……我能見見他嗎？」

帝屋看了一眼桌上流轉速度越來越快的光輝，過了半分鐘就全都從玉石轉移到了木塊上。

木塊漸漸被壓縮拉長，拼湊成了一個歪歪扭扭的人形。

他坐了起來，沒有臉，沒有身體細節，看起來就是個劣質的木製人偶，身上也坑坑疤疤，整個尺寸連一個成年男性的手臂都比不上。

林木對那邊的沉默感到十分難熬，他抿了抿唇，小小聲說道：「影片就……照片就好。」

那個扭曲的人形側耳聽到林木的話，爬起來跌跌撞撞地找到了桌面上的鏡子，費力地端起鏡子看了看自己現在的模樣，愣了好一會，轉過身來對帝屋瘋狂搖頭。

「不行。」帝屋這才回應了林木，有些煩躁地輕嘖一聲，「出了點小意外，等他狀況好點再帶他去見你。」

林木揪緊了被子，「我能幫上什麼忙嗎？」

帝屋撐著臉，看著湊在鏡子旁試圖在木塊上揉出一張臉來的帝休，說道：「小孩子好好過日子，別添亂就行。」

林木悶悶地「哦」了一聲。

帝屋哼笑，「現在還要勸我嗎？」

「要。」林木縮在被子裡，「造殺孽會魂飛魄散，我不想讓你魂飛魄散，也不想讓爸爸魂飛魄散，媽媽肯定也不想。」

帝休瘋狂揉臉的動作一滯，轉頭跌跌撞撞地走到手機旁，坐了下來，對帝屋十分贊同地點了點頭。

帝屋看著這個一回歸本體就渾身透出一股柔和氣息的小木偶，翻了個白眼。

這對父子真是親生的，絕對沒錯了。

「爸爸能聽到電話嗎？」林木問。

帝屋往椅子裡一倒，「能。」

「爸爸，媽媽死了，走了五年了。」林木說完之後就陷入了沉默，有些茫然，不知道該說些什麼。

過了好半晌，才又說：「你留下的那個果實，媽媽沒有吃，但我們依舊過得很開心。」

林木對父母的事情知道得實在太少太少，說完這個，他又不知道能說什麼了。

帝屋看著坐在手機旁一動也不動的小木偶，抽出支菸來，點燃了。

「……我看過相簿裡的你了。」林木想起總是翻閱相簿的媽媽，問道：「媽媽能看到嗎？」

帝休想了想，舉起自己兩隻細細的手臂，「啪嗒啪嗒」互相撞擊了兩下。

林木一怔，卻出乎意料地領會了意思，「能？」

帝休又「啪嗒啪嗒」敲了敲自己的手臂。

「那太好了。」林木咕噥了一句，吸了吸鼻子，一下子又笑出來，換了個新的話題，「我什麼時候能見到你呀？」

這個問題有點複雜。

帝屋吸了口菸，「等著吧。」

「我收留了幾個小妖怪，一個人參娃娃，兩株含羞草，還有一顆小馬鈴薯。」林木慢吞吞地說道。

帝休「啪嗒啪嗒」地幫自家孩子鼓掌，以示誇讚。

幾個小妖怪驕傲什麼，沒出息。帝屋再次翻了個白眼。

林木想了想，試探道：「人參娃娃給了我一些種子，我在家裡的小院子種了好多靈藥，都已經成熟，再不摘要壞掉了，不知道能不能幫到你們。」

帝屋和帝休一頓。

帝屋一把捻熄了手裡的菸，把猝不及防的小木偶往口袋裡一塞，「大侄子你等著，我這就帶你爹來了！」

帝休：「？？？」

帝屋問到了林木的地址，才剛掛掉電話，就感覺腰被戳了幾下。

帝休從他褲子口袋裡探出頭來，沒能塑出手的形狀的兩隻木手臂使勁捶著帝屋的腰，見他低下頭來了，仰頭看著他，又打了他幾下。

帝屋把他從口袋裡拎出來，兩隻手指從小木偶的雙臂底下穿過，把他舉起來，「幹嘛？」

帝休抬起一腳踹在了帝屋尖挺的鼻梁上。

帝屋輕嘶一聲，往後仰了仰頭躲過帝休接下來的襲擊，乾脆把他放在了桌面上，嘀咕，「有什麼好生氣的？反正你現在怨氣很淡薄了，又不是不能見。」

小木偶抬起手來，拍了拍自己的臉。

「你就算是顆球你兒子也不會嫌棄你。」帝屋說道：「而且他不是說了家裡有你的果實嗎？你把那顆果實吞了，大概能好不少。」

帝休頓了頓，搖搖頭。

帝屋想到那顆果實是帝休留給妻子的，想了想，也沒再多嘴，只是說道：「我們這情況還是有靈藥比較好，要不是回不去大荒，也用不著像現在這樣。」

帝屋如今的情況，回去大荒基本上跟給別的妖怪加菜沒什麼區別，雖然不是不能去找那些友人，但會合之前的每一分鐘都充滿了危險。

已經因為大意而翻過一次船的帝屋，一點都不想去冒這個風險。

他選擇先把中原這邊的事情了結，養個千八百年，再回大荒去取回力量。

大荒那邊的仇，他大可慢慢報。

現在回大荒一點意義都沒有，帝屋暫時不知道能上哪去尋找自己的力量。哪怕知道了，以他現在身嬌體弱、神魂不穩還一身血煞凶氣的情況也壓根取不回來。

——說不定不用別的妖怪動手，他就會被自己剝離出去的力量給弄死。

要是真的發生了被自己的力量弄死這種烏龍，那他帝屋的名聲絕對能流傳千古，被大荒眾妖當成教育自家小輩的典型反例。

那太蠢了，一點都不符合他一直以來英明神武毫無破綻的形象。

要是有靈藥的話，就能過得舒服不少了。

他剛出來半年多，收了一些能力還不錯的妖怪，但中原畢竟還是人類的天下。人類的天下，就意味著妖怪不是主流，而是需要藏起來的黑暗面。隨著人類逐漸放棄修練轉而鑽研科技外物，得不到反哺的大地靈氣自然而然就衰退了。

中原靈氣枯竭，靈藥自然難以生長。

這也是為什麼帝屋手下的那些妖怪手裡沒有什麼靈藥存貨，甚至一點忙都幫不上。

帝休低頭看了看自己，不說話了。

因為他現在的情況在靈藥種植這方面也幫不上忙。

他還是一棵完整的樹的時候，招引日月精華的光流滋養一方水土是非常非常簡單的事情。

被拆開之後就沒有那樣強大的效力了。

拚盡全力一天能有一兩團落下就算多了，就這一兩團，還會因為他身上沒有驅散乾淨的怨氣而不願意落進懷裡。

實際的情況就是——他現在也需要靈藥，非常需要。

大概都是植物出身的緣故，靈藥這種東西，放在他們這種植物妖怪身上，遠比那些動物成精或者天地蘊養生出靈智的特殊妖怪要有用得多。

除了藥效之外，對他們更有用的是靈藥之中的靈氣。

這些靈氣，別的妖怪沒辦法直接消化，但他們可以。

一株新鮮的靈藥對他們的效用，遠比煉成丹藥之後要大得多。

而他們現在需要的，正是靈藥裡那些滋補的靈氣，用來穩定神魂並將之壯大。

「我上次見到林木的時候，他那點妖力連個剛成精的小妖怪都比不上。」帝屋說完，打開了一個箱子翻找著，「距離上次見面才一個月呢，就說成熟一批靈藥了，我看八成是已經招來日月的光流了，不然靈藥長不了這麼快。」

帝休聞言點了點頭，從桌面爬起來，重新跑到鏡子前，繼續試圖揉張臉出來。

帝屋回頭看看他，重重地嘆息一聲，搖了搖頭。

怎麼可能揉得出來啊。怎麼這麼傻，沒救了。

他收回視線，繼續翻找，「能招來日月光流還安然無恙，看來蹲在他身邊的那隻狐狸還挺靠得住的。」

帝休覺得很有道理。

他對九尾狐的印象一直不錯，誰叫他成妖這麼多年來，最喜歡往山谷跑，會帶些閒書和吃食給他的就是那幾隻九尾狐。

之所以對外面的世界有所瞭解和憧憬，也是因為晏歸向他描述的那些喜怒哀樂和熱鬧市井。

「好了，全部找到了。」帝屋拿著幾個小袋子，往口袋一塞，鼓脹脹的。

他拍了拍，「抄家抄來的靈藥種子。」

帝休回頭看了他一眼，看著鏡子裡的自己，十分苦惱。

這樣去見兒子，一點重逢的激情和喜悅都沒有，兒子應該會很擔心吧。

帝休長長地嘆了口氣。

帝屋看著做出了嘆氣的動作卻沒有嘆氣聲的帝休，把他拎起來往另外一邊口袋一塞，看著他從口袋裡探出頭來，拿根手指戳了戳他，「好了，我們走！」

帝休抬起手，和他的手指輕輕碰了一下，表示準備好了。

林木掛斷了電話，猛地從床上跳起來，覺得這一天過得真是驚心動魄宛如雲霄飛車。

他慌慌張張地放下手機，坐在床邊，想要準備點什麼，卻又不知道能夠準備什麼。

——他要見到爸爸了。

不對，他有爸爸了。

林木在房間裡原地轉了幾圈，對這個事實沒什麼實感，只覺得氣血上湧，心跳「咚咚咚」如同狂風擂鼓，連呼吸都雜亂無章。

牛奶糖叼著一株草回來了。

他剛從側門進屋，就被小人參擋了下來。

小人參看著他叼著的草，湊近聞了聞，「是山神伯伯養的薄荷靈草呀？」

牛奶糖坐在原地，看著他，有些疑惑。

「牛奶糖，剛剛那個大妖怪……那個叫晏玄景的，把林木弄哭了。」小人參告狀——他知道牛奶糖是個深藏不露的妖怪。

具體是什麼他不清楚，不過無所謂，反正牛奶糖對林木很好。

小人參童言童語，「林木現在的心情肯定不好，你去安慰安慰他，我做點冰冰涼涼好吃的給他，你去陪陪他好不好？」

牛奶糖點了點頭，看著小人參伸手拔下兩片他叼著的靈草的葉片，繞過了蹦跳進廚房的小妖怪，上了二樓。

他看著林木緊閉的房門，抬起前腳抓了抓。

林木聽到聲音，上前去打開了門。

一股沁涼的氣息撲面而來，帶著些微的刺激和使人神清氣爽的冰涼。

是薄荷的氣味。

林木蹲下身，把牛奶糖叼著的草拿下來，翻看一下，發現就是薄荷。

不過普通的薄荷沒有這麼強的氣味。

林木晃了晃手裡的草，「給我的？」

牛奶糖看著他，顫了顫耳朵。

林木看了一眼牛奶糖胸前的毛，發現上頭沾著點灰。

他伸出手來，攤開，「右手。」

牛奶糖把右前腳搭在他的手心。

林木看到牛奶糖爪子裡沾上了一些泥土的碎屑，還挺新鮮。

林木又看了看手裡的草。應該是剛從山裡為他挖回來的，連根鬚都很完整。

林木忍不住用力抱住了他家小狗，額頭貼額頭猛蹭了一番。

狐狸精微微瞇起眼，兩隻耳朵垂下來，也輕輕回蹭了幾下。

蹭到一半，就聽到林木說道：「還是牛奶糖好。」

狐狸精一頓。

「你成精的時候還是別學晏玄景了，現在就挺好的。」林木說道：「晏玄景很壞。」

晏玄景：「？」

怎麼就變成壞蛋了？

林木抱著狗磨蹭著，嘀嘀咕咕，「他怎麼能瞞著我這麼重要的事呢？瞞著就算了，還不知悔改。」林木發出了譴責，「他竟然還……還……還親我！」

林木說完卡住了，氣順下去後才後知後覺意識到發生了什麼。

林木：「？」

林木摸了摸額頭，「他親我幹嘛？」

這可真讓帥氣的我摸不著頭腦。

「算了。」林木嘟噥著拿手碰了碰自己的額頭，臉有點熱，「他其實還是隻好狐狸精，我猜之前是在保護我。」

不然堂堂青丘國少國主，幹嘛有事沒事往他這個小院子跑，還教他怎麼使用妖力。

晏玄景有那麼閒嗎？當然沒有。

總不可能是看上了他家的日月精華和靈藥吧——開玩笑，青丘國少國主會缺這些東西嗎？

林木覺得肯定是不缺的。他都能弄得到的東西，位高權重的大咖說不定已經膩到看都懶得看一眼。

除了認出他的身分在保護他之外，林木實在是想不到別的理由了。

「是隻好狐狸。」林木嘀嘀咕咕，「不過我還是很生氣。」

晏玄景幫他，林木當然很感恩。但他瞞著他這麼重要的事，林木也感到生氣。生氣跟感激並不衝突。

林木揉著小狗的毛，瞇了瞇眼。

晏玄景之後再來，就讓他吃一週的馬鈴薯好了。

被小帝休撫摸得十分舒服甚至打起了盹的狐狸精感覺背脊一涼，瞬間睜開眼坐正，警覺地左右探看著。

林木把小狗給他的薄荷整理了一下，拿下樓找了個空花盆種好，轉頭就被湊到他臉旁的杯子給冰了一下。

小人參端著杯飲料「噠噠噠」地走到他面前，「鏘鏘鏘！檸檬薄荷茶！」

林木看著泡在杯子裡的兩片薄荷葉，洗乾淨手，接過小人參手裡的飲料，用力揉了揉小人參的腦袋。

小人參被揉得輕晃著腦袋，看著林木笑咪咪的樣子，大大鬆了口氣，皺了皺鼻子，揪著林木的衣袖小聲說道：「林木不要生氣了，我們以後不理晏玄景就是了。」

晏玄景趴在一邊，看了看輕聲細語安慰林木的小人參，瞇了瞇眼。

拖後腿的小壞蛋。

林木揉了一把小人參的腦袋，說道：「那是不行的。」

小人參鼓了鼓臉，悶悶地「哦」了一聲，「林木不難過就好。」

晏玄景聞言，尾巴一甩，圈住了林木的腳踝。

林木看了看腳邊的牛奶糖，深吸口氣，站起身來，「先吃飯，然後打掃屋子——這兩天會有客人來。」

小人參亦步亦趨地跟在林木後頭當小跟班，「我來幫忙！」

林木搖了搖頭，他要打掃的不是自己的房間，而是媽媽的房間。

他不想讓別人進去媽媽的房間。但爸爸回來，還是睡那邊比較好。

帝屋可以睡客房，不過之前晏玄景偶爾會留宿，所以客房只需要清掃一下就好了，打掃工作並不重。

林木想了想，對小人參說道：「你幫我把幾個放花的房間整理一下，搬一搬那些需要挪動的盆栽好不好？」

小人參點了點頭，「好！」

林木和小人參吃完了飯，認認真真仔仔細細地大掃除，把幾個房間和放花的房間都收拾整理得乾乾淨淨整整齊齊。

林木看了看趴在院子的牛奶糖，瞇了瞇眼。

「是不是該幫牛奶糖洗個澡？」林木低聲問旁邊的小人參。

小人參看著端莊地趴在院子裡享受月華的小狗，想了想，然後露出了震驚的表情，「牛奶糖都一個月沒洗澡了！」

林木也不太清楚小狗到底多久洗一次澡比較合適。

不過今天既然想起來了就洗一洗，這兩天爸爸就會到了，到時候也好讓牛奶糖給爸爸留下個好印象。

牛奶糖不像別的小狗，對洗澡這件事出乎意料地配合，一點掙扎的跡象都沒有，十分溫馴地任洗任搓，洗好了被林木拿吹風機吹蓬了毛，整隻小狗都顯得蓬蓬鬆鬆的，比之前肥了至少兩圈，像一顆膨脹的毛球。

剛見面的時候林木剪過的那幾撮毛原本還有些微的痕跡，現在這團毛球整個炸起來，已經完全看不出來了。

林木翻出了之前買來給狗狗梳毛的梳子。

夏天正是小狗掉毛的時節，一梳下去就是一大團軟軟白白的絨毛。

林木梳了半個小時，看看左邊的小狗，又看看右邊跟小狗幾乎同樣體積的毛，回頭去找了個大袋子裝起來，準備到時候去學個手戳毛氈之類的。

「毛掉得這麼厲害，你們成精之後會不會脫髮啊？」林木一邊撿狗毛一邊嘀咕，然後動作一頓，想到狐狸好像也是犬科。

他看了看自己手腕上一直戴著沒摘下來的白色腕繩，思考著什麼時候去問問大黑這個美妙的祕密。

林木彎下腰，又撿起了一團毛。

窗外「唰」的一聲響動，掀起了漫天的綠色火焰，將這一片院落照得宛如白晝。

原本趴在旁邊的牛奶糖神情一肅，驟然站起身來，昂首盯著那片綠色的火牆，嗅到了一股沖天的血煞與凶氣。

林木也猛然直起身，皺起眉偏頭看向窗外，隱隱約約聽到了一聲咒罵。

這聲音有點熟悉，但隔著一段距離聽不太清楚。

林木滿臉嚴肅地看著朝暮的火牆隨著那聲咒罵被壓下了一大截，那股血煞撲面而來，帶著濃重的孽障因果，像是一把無堅不摧的利刃硬生生劈開了火牆，直衝而入。

一個身負重大血障殺孽的大妖。

這氣息在晏玄景五百年的記憶裡前所未聞。

是不認識的妖怪，來者不善。

晏玄景後腳一蹬，從大開的窗戶一躍而出，身形迎風而漲，吻部拉長，身後尾巴一甩，生出了另外八條，在月光下呈現利刃一般的寒光。

九尾狐一甩尾巴，將房子裡的小帝休死死擋住，露出利爪來，滿目凶戾地對幽綠色火牆之外的暴躁妖怪齜出了尖牙。

帝屋看著眼前這隻渾身毛蓬得像顆球的九尾狐，愣了兩秒，一點面子都不給地笑出了聲。

林木拎著塑膠袋，滿臉茫然地看著堵住了窗口的那一大團蓬鬆的毛，不知道發生了什麼事。

牛奶糖竄出去的動作太快，林木還沒反應過來，一眨眼眼前就被那一大團毛遮蔽了全部視線。

客廳的窗戶就那麼一扇，被一大團毛茸茸堵住後便完全看不到外面了。

林木的想法從「牛奶糖突然變大了」到「外面發生了什麼事」到「窗外和院子的那些盆栽別被弄破了」，最後凌亂地拼湊出了一個事實。

——牛奶糖好像不是普通的狗。

不是普通意義上，開了靈智的狗。

林木拎著塑膠袋，張了張嘴，又閉上。

怪不得牛奶糖那麼聰明。學什麼都快就不說了，還能夠理解他說的話，更會在他心情不好的時候去山裡挖薄荷回來給他降火。薄荷還根鬚皆在，完完整整，一點傷痕都沒有。

再通人性好像的確不該通到這種程度。

林木覺得這不是他的錯，他還以為開靈智的小狗都這麼聰明。畢竟瀏覽網路影片，也不是沒有特別聰明的動物。既然世上聰明的狗那麼多，憑什麼他們家牛奶糖就不能是其中一隻。

林木覺得自己的邏輯十分完美，沒有什麼破綻。

於是此刻他看著堵住窗口的那一大團毛，深吸口氣，再看了一眼牛奶糖跳出去時帶起的風吹得滿屋子亂飄的毛，把塑膠袋繫緊，摸出了手機。

除了牛奶糖出現的那一次之外，朝暮還沒有這樣劇烈地燃燒過。

林木頓了頓，若有所思地看了一眼堵住窗口的毛團。

這麼說來，如果他家小狗不是普通的狗的話，上一次朝暮燒掉的那些邪魔惡鬼，極有可能就是緊跟著牛奶糖而來的。

那個時候牛奶糖還受了傷，看起來十分嚴重的樣子，只不過傷勢恢復得很快，之後的行為也沒有什麼不對勁，林木自然也就不太在意。

這麼一想，牛奶糖選擇留在家，可能也有點報恩的意思。

——至少這一次，牛奶糖在發覺朝暮火牆被從外破開的瞬間就跳出去的行為，絕對是出於保護他的目的。

林木這麼想著，內心十分感動，也不知道牛奶糖的實力到底怎麼樣，於是拿出手機撥了帝屋的電話，想讓他們先別過來。

林木對帝屋如今到底實力如何心裡也沒底，他又沒真正跟妖怪打過架，晏玄景之前教他的時候，擺明是沒有使出全力的。

反正別讓如今身為傷患的帝屋來涉險就對了。

林木按下了撥號鍵。

晏玄景站在院子中，將屋子裡透出來的氣息死死擋住，警惕地看著朝暮火牆之外站得遠遠的那個人形。

雖然是人形，但在晏玄景眼裡，已經是足夠讓他用本體來應對的強大對手了。能夠輕易地看破他布下的迷惑妖術，還能憑藉自己的力量劈開朝暮的火牆——光憑這兩點，就足以讓晏玄景渾身緊張起來。

他打量著那個陌生的大妖怪，發覺對方渾身都透著一股不用細細觀察都能嗅到的濃重血氣，凝神注目更能窺見無數因果纏繞在他身上。

晏玄景活了五百年，對於這樣龐大的因果簡直前所未見。

哪怕是他記憶裡早些年被除掉的作惡極多的妖怪，那一身因果也不及眼前這妖怪的十之一二。

晏玄景甚至不敢斷定這個妖怪到底是怎麼回事。

他頭一次見到這種情況——那個妖怪的善緣與孽障各自占據半壁江山，糾結在一起如山嶽雲霧一般將他籠罩其中，明亮的功德與暗沉的凶煞揉合在一起，幾乎要將天幕與日月都遮蔽。

為什麼會有這樣的情況，晏玄景一點也看不明白，但這並不妨礙他展現出對這個妖怪的戒備與重視。

九尾狐妖，自然是本體時的戰鬥力最為強悍，尖牙利齒甚至連尾巴與毛髮都是極為有力的武器。

晏玄景警戒地看著眼前這個笑得直發抖的大妖怪，瞇了瞇眼，爪子底下悄悄踩碎了一塊玉石。

這種時候當然是要搬救兵過來。

——老狐狸！就決定是你了！

晏玄景剛踩碎玉石，就聽到院子外的妖怪身上傳來了一陣響動。

對面的妖怪笑聲一頓，手伸進口袋。

九尾狐驟然拔高了警戒，渾身緊繃著，眼看著對方從口袋拿出了一臺……手機。

晏玄景：「？」

帝屋接通了電話，聽到那頭傳來林木的聲音。

「帝屋，你先別來了。」林木的聲音聽起來十分嚴肅，「我這邊好像出了點小問題。」

十分警戒、對一丁點風吹草動都分外注意的晏玄景一頓，聽著自己後頭和對面妖怪手機隔著一秒不到的時間接連傳出的聲音，整隻狐狸都愣在了原地。

帝屋抬頭看了看那隻愣住的九尾狐球，忍不住再一次哼笑了幾聲，對電話那頭說道：「沒有問題，我在你家門口了。」

林木一愣，「啊？」

「你家還有朝暮這種好東西。」帝屋看著察覺到他身上的凶煞而不斷燒起來的朝暮，想了想，說道：「也好，你出來吧。」

林木愣了兩秒，應了一聲，掛掉電話，爬到窗臺上輕輕扯了扯窗戶前的毛，「牛奶糖沒事了，那是我認識的人……不是，認識的妖怪！」

晏玄景感覺自己尾巴的毛被扯了一下，聽到林木這麼一說，遲疑地看了一會眼前被林木稱作「帝屋」的妖怪，想了想，還是變回了林木熟悉的那副模樣。

但在林木跳下來準備衝出院子去開門的時候，他一甩尾巴圈住林木的腳踝，說什麼都不讓林木再往前走一步。

林木無奈地被自家小狗圈著腳，隔著火牆，看不清楚外頭是什麼情況。

「那是我認識的妖怪——他沒有惡意。」而且他還把爸爸帶來了。

林木試圖把自己的腳從牛奶糖尾巴的桎梏中抽出來，暫時挖掉一些朝暮，先把帝屋放進來。

但晏玄景並沒有鬆開他。他此刻當然認出了帝屋人形的這張臉。

當年晏歸曾經給他看過幾次，晏玄景被林木這麼一提醒，自然也就想了起來。

但看看帝屋現在這一身因果，晏玄景是傻子才會把他放出去。

更別說帝屋現在渾身血煞，接近林木這種根基不穩的小半妖，要是被影響了怎麼辦？

帝屋在外頭聽到林木好聲好氣地跟晏玄景說話的動靜。

他也認出了那隻九尾狐是誰家的孩子——他之前的猜測沒錯，正是他那位老朋友的兒子。

倒是個誠實懂事的性格，帝屋點了根菸，覺得晏玄景沒像他爹娘其中一個真是件好事。

至少帝屋對於晏玄景毫不猶豫地衝出來護著林木這件事非常滿意。

他看得出來，這隻小九尾狐身上還殘留不少未癒合的暗傷，這個時候還能衝出來，的確是非常難能可貴了。

帝屋在外頭靜靜地抽完了一根菸，聽到裡頭始終沒有什麼進展，咂了咂舌，「別攔了，你仔細看看林木身上，早就沾上我的因果了。」

晏玄景一頓，這才偏過頭仔仔細細打量了林木一番，過了半晌，才從刺眼的月華光流之中，發現他身上沾著的些許功德和些微的血氣。

晏玄景一哽，鬆開束縛著林木腳踝的尾巴，狠狠抽了一下他的小腿。

林木被抽得輕嘶一聲，低頭看了一眼他家小狗，發現一直都十分乖巧安靜的牛奶糖難得露出了生氣的神情。

雖然要從一張狗臉上看出怒氣確實挺難的，但林木就是看出來了。

大概知道牛奶糖是在擔心他。

林木蹲下身，摸了摸牛奶糖的頭，「對不起呀。」

晏玄景生氣地甩掉放在他頭上的手，抬腳領先林木走了出去。

林木摸了摸鼻子，覺得自己還沒有追究被騙的事情呢，牛奶糖竟然比他先生起氣來了。

不過這件事，好像確實是他理虧，牛奶糖是擔心他才生氣的。

林木跟在牛奶糖背後走出了院子。

帝屋站的地方距離林木家小院子有點遠，大概是因為朝暮對他來說還是有威脅性的。

林木小步跑過去，跟帝屋打了聲招呼，目光朝他背後瞄了幾眼。

帝屋看著他這副樣子，覺得有點好笑，「在找什麼？」

「找爸爸。」林木說道。

「哦。」帝屋乾脆把聽到了林木的腳步聲就躲進自己口袋裡的帝休抓出來，隨手扔給了林木，「喏，你爸爸。」

林木手忙腳亂地接過那個小木偶，捧著他愣了好一會，有些無措地看向帝屋。

帝屋輕嘖一聲，拎起帝休的腳使勁晃了晃，「別裝死了。」

帝休抱住了帝屋的手指，慌慌張張地轉頭看向了兒子。

林木看著這個粗製濫造的人形小木偶，小心接過他，摸了摸他身上坑坑疤疤的地方，小聲問道：「痛嗎？」

小木偶坐在林木手心，聽到他這麼問，呆愣了兩秒，搖了搖頭。

林木聞言，放下心來，「那太好啦！」

他對這種情況多少有點心理準備，不就不是人形嘛，問題不大。

活著就好，還能見面就好。

能有個開頭就行，以後肯定會好起來的。

「帝屋你不能進屋？」林木回頭看了一眼漸漸熄滅的朝暮，說道：「我把朝暮挖掉一些？」

「不用，有朝暮護著很好。」帝屋擺了擺手，從口袋掏出了幾袋靈藥種子，「給我些靈藥就行，你爸爸可以進去，不過因為一些緣故，有事的時候他還是得跟我一起走。」

有事的時候，指的當然是查到消息，要去把因果連根拔起的時候。

帝休是不能少的，少了他的話，帝屋也找不到帝休的殘魂和殘骸在哪裡。

「他的怨氣很淡了，最近也沒什麼事，我自己找個地方消化一下靈藥就行了，你們父子兩個聚一聚。」帝屋說完，看了一眼坐在林木手心的帝休，輕笑了一聲。

然後目光轉向了一直冷冷淡淡看著他的九尾狐。

林木順著他的目光看過去，彎腰蹲下，揉了一把小狗的頭，介紹道：「這是牛奶糖。」

「是個好孩子。」帝屋說道。

帝休坐在林木的手心，想到晏玄景剛剛的行為，覺得非常不錯，十分贊同地點頭，兩隻手臂抬起來在胸前，「啪嗒啪嗒」地鼓掌。

「牛奶糖這個名字是你取的？」帝屋問。

林木露出不大好意思的笑容，揉著狗毛，「對呀，因為很適合牠嘛。」

「大名呢？」帝屋也蹲下身來，跟晏玄景對上視線，說道：「這氣息是晏歸的孩子吧？大名是什麼？」

還在生氣的晏玄景後知後覺，渾身一僵。

林木一愣，還有點沒理解帝屋這話的意思，「什麼？」

「大名啊。」帝屋說道：「九尾狐跟那些野妖怪不一樣，都有姓名的。」

林木手一用力，扯下了小狗身上的一撮毛。

他低頭看看牛奶糖，又看了看帝屋，小聲說道：「牛奶糖……不是狗嗎？」

帝屋：「？」

「？」帝休停下了鼓掌，扭頭看向自家孩子。

「什麼狗？」帝屋不可思議，覺得大侄子是不是哪裡有點問題——或者是晏歸他孩子哪裡有點問題，「你把九尾狐當狗養?!晏歸的孩子就算不是青丘國少國主也會是青丘國未來的一員大將，你當狗養？他沒咬你？」

林木臉上的笑容逐漸消失。

晏玄景被林木揪著後頸，面無表情地看著帝屋。

這仇本少國主記下了。

你等著。

第十一章

Public Office of
Non-human
Affairs

場面一度十分尷尬。

帝屋看看面無表情垂眼看著九尾狐的林木，又看了看面無表情看著他的九尾狐，思考了一下，從中察覺出了一點不對勁。

「怎麼回事？」他問。

林木看著本來應該是他家小狗，但不知為何變成了青丘國少國主的牛奶糖，沉默了好一會，掏出了手機，搜尋了一下薩摩耶。

林木對狗的品種其實沒有特別瞭解，一些犬種的判定標準，他也看不出來，也懶得去思考那些。

——反正白白的軟軟的一大團，隨著奔跑瘋狂掉毛，一咧嘴吐舌頭就像個微笑天使的大白狗，總之是薩摩耶就對了。

更何況如今還有那麼多亂七八糟的亞種，林木也沒指望一隻流浪狗能有多純的血統，大體看起來差不多就是了。

林木看了看手機上的圖片，又看了看他家牛奶糖，發現真正的薩摩耶眼睛形狀比他家牛奶糖要圓潤許多，但乍看真的沒有多大的區別。

尤其是牛奶糖現在的體型相當於薩摩耶還沒成年的時候，就更加看不出區別來了。畢竟處在尷尬期的薩摩耶醜得奇形怪狀，他家牛奶糖已經很好看了。

今天洗完澡，渾身毛一蓬起來，圓潤得跟薩摩耶一模一樣，甚至還有點像放大版的小博美。

硬要說牛奶糖有什麼不太像狗的地方，大概就是尾巴。牠的尾巴不像絕大部分的狗一樣翹起來。

林木以前就注意到了，但他覺得沒什麼問題。

很多小狗的尾巴也不是往上翹的啊，你看人家德國牧羊犬，看人家蘇格蘭牧羊犬，尾巴不都是垂著的！

憑什麼他們家牛奶糖就不能是垂著尾巴的薩摩耶了，萬一是什麼亞種品種呢對不對？

林木早就為牛奶糖想好了一整套圓融順滑的邏輯，甚至還想過養過牛奶糖的人找上門來該怎麼辦。

如果是個上門來就毫不客氣找麻煩的，那林木覺得自己修身養性這麼多年，又得重操舊業撒野打架了，連臺詞都已經想好了。

如果是個客客氣氣的人，那林木也會跟他客客氣氣慢慢協商，哪怕多出點錢也無所謂。

反正放手是不可能放手的，他是真的想要好好養牛奶糖，養一隻能陪他過很久很久的狗，不至於讓他天天回來就看著空蕩蕩的房子。

林木已經做好了等牛奶糖成精的充分準備，甚至是十分期待的。

但他萬萬沒想到，根本沒有什麼開靈智的小狗，根本沒有什麼甜甜的牛奶糖……不對，根本就沒有狗。

林木面無表情地看著牛奶糖，鬆開了抓著牛奶糖後頸的手，「晏玄景？」

晏玄景沉默了好一會，做足了心理建設之後，轉頭看向林木，跟他對上了視線。

林木有點生氣，捧著手心裡的爸爸往後退了兩步，「你變回來吧。」

晏玄景一頓，想了想，尾巴一甩，甩出了九條。

九條毛茸茸的大尾巴在他身後展開，像是孔雀開屏一樣排成了扇形，有些不安地輕晃著。

林木差點沒繃住表情，一肚子氣就跟被戳了個洞的氣球一樣「嗤」地漏了出去。

他瞪著月光底下白得像在發光的九尾狐，再開口的時候語氣裡帶著一絲無奈，「……我是說，人形。」

晏玄景無比聽話地變回了人形。

他依舊是那副背脊筆直，渾身清凌凌的冷然模樣，微微偏頭看向林木，然後垂下眼來，不吭聲，也不知道吭什麼聲。

帝屋看看這個，又看看那個，咂咂嘴，好像懂了一點。

恐怕不是他大侄子把人家九尾狐當狗養，是人家九尾狐裝狗耍他大侄子——但這樣的話，帝屋就很好奇了。

到底是怎樣一種心態，才會讓堂堂九尾狐願意被當成一條寵物狗。

還被取了牛奶糖這麼呣的名字。

看看這小狐狸的表情，好像一點都不介意的樣子。

帝屋左右看了看，思考著反正自己也進不去屋裡，也不挑，直接往路邊倒著的枯樹幹上一坐，拍了拍旁邊，興致勃勃，「來，我們坐下慢慢說！」

那架勢要是遞一盤瓜子過去，他必然能吃得津津有味。

晏玄景偏頭看向林木，見林木抬腳走過去，也跟著過去，在林木和帝屋之間橫插一腳，坐在了中間，還一聲不吭地把林木推遠了些。

林木太弱了，不能跟因果這麼重的帝屋太親近。

在晏玄景看來，他們就應該隔著十萬八千里有什麼事情都用電話講——最好是不要扯上什麼關係，免得林木沾上因果和煞氣。

林木被跟帝屋隔開還被推遠，愣了兩秒，有些生氣，「幹嘛啊？」

晏玄景沉著冷靜，「你弱，離他遠點。」

林木一哽，跟晏玄景對視半晌，氣鼓鼓地站起身來，坐到了樹幹的另一頭。

帝休仰頭看著自家孩子，撫慰地拍了拍林木的掌心。

林木低頭看看爸爸，咕噥了幾句，把爸爸也放到了樹幹上。

三道人影和一個小木偶在烏漆墨黑的深夜裡坐成一排，頭頂上是一彎漂亮的弦月。

有月華的光流從被九尾狐的幻術遮蔽起來的院子飄出來，似乎是想靠近，卻因為帝屋身上的氣息而繞在他們周圍。

擔心林木出事的人參娃娃從院子探頭出來，看到那邊的景象之後，揉了揉因為恐懼而紅彤彤的眼睛，忍著滿腔畏懼，拔了幾根參鬚和人參籽下來，泡了參茶，切了水果，邁著小短腿端著盤子小心翼翼地走過去。

林木揉了揉他的腦袋，從還在發抖的人參娃娃手裡接過了兩個托盤：「先回去吧。」

小人參被帝休帶著那麼點食欲的眼神一看，咿咿嗚嗚地哭著跑了。

帝屋端著茶和水果，看看跟他排排坐吃水果的另外三個妖怪，覺得這場景真的好有意思。

他喝了口茶，問道：「你們怎麼回事啊？」

「你問晏玄景怎麼回事。」林木生氣地說道：「他騙我！」

「沒有。」晏玄景十分嚴謹，「我沒說過自己是狗。」

林木瞪圓了眼，「你也沒反駁！」

少國主說：「我沒承認。」

林木不敢置信地看向晏玄景，「明明是你裝狗騙我！」

「……」晏玄景沉默了兩秒，對上林木的視線，下意識沒有反駁，十分有求生欲地點了點頭，「我的錯。」

「你這人……你這狐狸怎麼回事啊！」林木說道：「你一開始幹嘛要裝啊！」

「本體打架比較方便，當時受了傷，偽裝成普通狐狸的樣子，看到了朝暮，能種下朝暮的都非凡人，就想過來結個善緣。」晏玄景簡言意賅，說完後沉默了兩秒，「沒想到你把我當成狗了。」

林木：「……」我的錯囉？

帝屋「喀擦喀擦」地吃著水果。

帝休仰頭看看這個，又看看那個，然後把他那一份茶水的參鬚撈出來，抱在懷裡一點點慢慢消化。

林木繼續問：「那你什麼時候發現我是帝休的？還有我爸爸的事。」

九尾狐出奇的乖巧，「第一次月華落下來的時候，帝休的事是上一次去追查帝屋的時候知道的。」

林木抿抿唇，「那你為什麼什麼都不說？都不告訴我。」

「……」晏玄景猶豫了一下，還是說道：「因為你太弱了，知道太多不好，想變強很好，但是現在還是太弱了。」

晏玄景說完，看了看有氣發不出來、彷彿要氣壞了的林木，又看了看看戲的兩個長輩，想了想，開口試圖拉帝屋下水，「帝屋肯定比我早知道。」

嘿！這小狐狸壞得很。

帝屋啃著水果，一點也沒上當，「我知道得早也不是你騙我大侄子的理由啊。」

晏玄景：「……」

林木當然知道晏玄景說的是事實。

他很聰明，也知道帝屋言下之意，其實是贊同晏玄景的。

因為他弱，所以覺得不應該告訴他。告訴他的話，只不過是徒增煩惱，還可能因為他衝動胡亂行動而對他們的計畫產生影響。

換成林木自己，遇到這種情況，肯定也是會閉口不說的。

道理林木都懂，但還是很難過。林木捧著杯子，情緒低落，「那你後來為什麼不直說你就是牛奶糖啊。」

「一開始你太弱，不能抵擋九尾狐的天賦，連聲音裡夾雜的力量都擋不住，後來我準備說的時候，你又說喜歡我。」晏玄景說道。

帝屋吃水果的動作一滯。

帝休一下抱斷了懷裡的參鬚。

晏玄景毫無所覺，接著說道：「你還要牛奶糖成精的時候化形成……」

林木「啊啊啊」打斷了晏玄景的話。

狐狸精一頓，露出了幾分不易察覺的茫然。

林木覺得這簡直就是處刑現場——他以前抱著牛奶糖滿嘴鬼扯的時候說了些什麼他自己都不記得。

林木試圖拯救自己，「我只是喜歡你的臉。」

晏玄景點了點頭，「喜歡九尾狐的都喜歡臉。」

林木張了張嘴，「不是……我就是喜歡你的臉。」

「嗯。」晏玄景一臉「我理解」地點了點頭。

帝屋：「……」

帝休：「……」

「……」林木覺得晏玄景一點都沒有理解。

林木決定跳過這個話題，剛想質問晏玄景今天為什麼親他，話到嘴邊想到今天跟牛奶糖講的話，又滿臉呆然地閉上了嘴。

林木覺得好累。

「不對。」林木突然發現了盲點，「那之前跟你同時出現的牛奶糖是誰？」

「……」晏玄景目光輕飄飄地掃過院子，想到他之前踩碎的那顆玉石，內心一下子變得無比險惡起來。

晏歸收到兒子的信號，火速放下了正追著帝屋的氣息探查的瑣事，趕緊衝過來救場。

他隔著極遠的距離，一眼就看到了沖天的血煞凶氣。

晏歸細細一想，發覺這是小帝休的居所，頓時驚得腦殼都要飛了。

小帝休要是在他眼皮底下出事，他以後還有什麼臉去見老朋友！

晏歸後腳一蹬宛如一顆炮彈般衝向了血煞最為強烈的地方，爪子一揮招來了一道驚雷，帶著呼呼的風聲與驚天的殺氣直劈而下。

察覺到異常的帝屋臉色一變，驟然起身，抓起林木和帝休從旁一掠而過，轉瞬跑得老遠。

晏歸衝到一半，只覺得血煞之下的氣息異常熟悉，心中一驚，急急收回了驚雷，把自己劈了個暈頭轉向，一扭身剎車不及，屁股著地在地上滑出好長一段距離，然後穩穩地停在了他兒子的腳邊。

晏歸抬眼看看俯視著他的晏玄景，又扭頭看了看旁邊用十分微妙的神情注視著自己的豪華神木套餐，半晌，滿臉問號。

「？」怎麼回事啊？

晏玄景看著他這個丟臉的爹，目光停頓了兩秒，視若無睹地挪開了視線。

帝屋一眼就認出了這狐狸，他看著跟晏玄景的偽裝外表一模一樣的晏歸，表情十分複雜。

這偽裝一看就是親父子，法術技巧一脈相承。

帝屋對於晏歸會是現在這個樣子一點也不意外。

——因為他非常清楚晏歸是什麼德性。

以前晏歸這狐狸就喜歡變成別人的樣子到處玩，九尾狐迷惑人心的天賦在晏歸身上發揮了十成十。

他們一幫朋友經常被天外飛來的橫禍精準命中，基本上只要有什麼事情是自己沒印象但又被人找上門來的，轉頭去找晏歸肯定沒錯。
問題是找麻煩也打不起來，因為晏歸不僅僅迷惑人心的天賦修練得淋漓盡致，他的實力還很強。
甩不掉禍事，打又打不過，就很氣。
但晏歸這狐狸，看起來靠不住又愛玩，本性其實非常體貼，還很講義氣，給朋友招來的都是些無傷大雅的小麻煩。
讓他們這一群生活在大荒、很少有機會能放開手腳打架，每天除了摸魚嚇唬小妖怪之外幾乎沒什麼事情能幹的大妖怪，能藉此有一點點活躍的氣氛。
他會帶小零食和外頭的書籍畫冊給帝修，還會給喜歡滿大荒溜達到處湊熱鬧的帝屋通風報信。
除了這些，他還會做許許多多別的妖怪想都想不到的事。
跟晏歸這隻狐狸當朋友，平靜無波的生活總能多出不少斑斕的顏色來。
至少帝屋覺得狐狸挺好的，以前還經常勾肩搭背跟晏歸一起去喝酒吹牛——這麼算來，距離他們上一次喝酒，都已經過去五千多年了。

帝屋打量著這隻被雷劈得渾身毛都豎起來的狐狸，把被他抓著腦袋一直在掙扎的帝休往襯衫胸前口袋一放，咂舌，「你們這父子倆，怎麼回事啊？」

「？」晏歸眉頭一皺，發覺這話不簡單。

什麼叫我們父子倆怎麼回事？父子倆還能怎麼回事，就是爹和孩兒這回事啊。

晏歸轉頭看了一眼林木，發現林木微垂著眼，面無表情地看著他，看起來隱隱有點生氣。

晏歸又看了看帝屋，覺得糟糕了。

他沉默了兩秒，決定轉頭罵孩子，「我給你的玉石就這麼用的?!你這哪裡是有危險的樣子，沒聽過狼來了的故事嗎？我下次不來幫你了！」

晏玄景八風不動，甚至冷哼了一聲。

晏歸這一手反手嫁禍的技巧真是千萬年不變。

「你不是在找我嗎？」帝屋掏出菸盒來，剛叼上一根，就被上衣口袋裡的帝休打掉，他輕嘖一聲，又把菸盒塞回去，對晏歸說道：「不用這種法子你能來得這麼快？」

晏歸聞言，覺得也是。

他正視了一下帝屋這一身功德和因果，含糊問道：「你這是怎麼回事啊？」

「這個等會再說。」帝屋走回那截枯木旁，重新坐下，拍了拍身側，「來坐下，先解釋一下你們父子倆騙我大侄子的事。」

「那是晏玄景的錯，我只是一隻路過的無辜小動物。」晏歸跳上了那截枯木，嘴裡說得頭頭是道：「再說了，哄賢侄的事，怎麼能叫騙呢？」

「他哄你什麼了？」帝屋轉頭問林木。

帝休也跟著轉過頭去。

林木現在明白了，那兩個星期他察覺到牛奶糖的異常並不是錯覺。

他仔細回憶了一下那兩週，那段時間牛奶糖坐沒坐相站沒站相天天懶洋洋地趴在狗窩裡，不是在睡覺就是在去睡覺的路上。

如果不是人參娃娃問歇帶他去山裡溜達，林木都覺得他能睡到地老天荒。

林木沉思半晌，死活想不出自己被哄什麼了。

甚至因為晏歸這位大妖怪太過於沒有威嚴而一點敬畏之心都升不起來。

晏歸懶洋洋地掛在枯木上，數道：「陪他玩玩具、咬飛盤、扔球球、啃潔牙骨、抓山雞野豬、挖靈藥什麼的。」

帝屋「欸」了一聲。

那真的是挺哄的了，帝屋想，畢竟晏歸這狐狸，不遇到大事根本就沒有什麼責任感和耐心的。

上一個能讓晏歸甜言蜜語哄著、細緻小心陪著的，還是晏歸他老婆，晏玄景他娘。

「我騙你們幹嘛，我滿腔好心好不好？我當時想著你倆要是沒了，我就把小帝休帶回去養。」晏歸懶洋洋地說道：「正好我看賢侄跟我孩子關係挺好的，去大荒穩固妖力一段時間就可以結伴四處玩耍了。嗯，很不錯！」

「我倆還活著呢。」帝屋伸出一根手指戳了戳帝休的小腦袋，糾正他，「而且你兒子跟我大侄子關係不好，我大侄子在生氣呢。」

「你這話什麼意思？」晏歸不開心了，反手就把責任推到帝屋頭上，「我兒子就不是你大侄子了？」

帝屋毫不猶豫，「你兒子又不是我本家。」

晏歸轉頭看向他兒子，「晏玄景你反省一下。」

晏玄景：「？」你他媽？

帝休攀著帝屋的口袋邊緣，對無辜的小狐狸做了個嘆氣的姿勢。

「他倆關係可好了。」晏歸哼笑一聲，聲音裡甜滋滋的得意都快要透出來，「賢侄可喜歡我兒子了，還讓牛奶……」

「我沒有！」林木火速打斷了這兩位大妖怪的對話。

晏歸看了他一眼，「不，你有。」

晏玄景難得地贊同他爹的話，給自己正名，「你有。」

林木捂住發燙的耳朵，再一次強調，「我只是喜歡看晏玄景的臉。」

晏歸點了點頭，十分得意，「喜歡九尾狐的都喜歡臉，我老婆當年也是喜歡我的臉。」

林木：「……」

告非。算是看出來了，這倆是真父子，一點都假不了。

帝屋和帝休在人類社會正正經經生活過，當然明白林木到底是什麼意思。

帝休舉起雙臂來，「啪嗒啪嗒」地敲著，試圖幫自家兒子聲援。

帝屋只覺得這畫面真的好他媽有意思，抬手把「啪嗒啪嗒」拍手的帝休給按了下去。

林木覺得沒有辦法跟這群大妖怪待在一起了。

他真的好累，甚至還有點委屈。

晏玄景看著林木面無表情的模樣，思考了一會，變回了牛奶糖的樣子。

被一連串突發事件占據內心的林木看到他變回去，感覺自己的怒氣又被喚醒了。

「幹什麼？」他粗聲粗氣地說道。

晏玄景十分端莊地坐在他面前，仰頭看著他，搖了搖尾巴，面無表情地「汪」了一聲。

林木連帶另外三位長輩都被晏玄景這一聲「汪」震撼得失去了言語。

晏玄景看著表情逐漸空白的林木，說道：「是我的錯，別生氣。」

林木：「？」這狐狸精腦袋到底是怎麼長的。

晏玄景是真的覺得自己做錯了。稍微換位思考一下，要是他是林木，只會覺得自己被愚弄了——哪怕他後來的確是在保護林木，但這事就是做得不到位。

畢竟他在知道林木的血脈之前，也沒多看得起這個半妖。只覺得反正自己也不會待多久，這麼分飾兩角也無所謂。

晏玄景反思了一下，覺得這在林木的角度來說真的挺不愉快，尤其是林木還特別重視和喜愛牛奶糖。

當然了，按照妖怪的邏輯來講，正因為林木擁有帝休的血脈，並且有收留他的恩情在，晏玄景才會換位思考這件事。

如果林木是個普通人類或者妖怪，那晏玄景是不會思考這麼多的，大概只會在離開的時候留下一點庇佑就拍拍屁股走人，雖然少，但也絕對足夠一個人類和普通的小妖怪受益一生了。

晏玄景看著林木，十分認真地說道：「我以後陪你玩飛盤。」

晏歸回過神，看向他兒子。這孩子認命的態度跟他當年簡直一模一樣。

他稍微認真了一些，目光在林木和晏玄景之間轉了好幾圈，最後落在兩棵正在暗中觀察的神木身上，剛想說什麼，又閉上了嘴。

算了，兒孫自有兒孫福。

晏歸把剛冒出頭的責任感壓回去，喜滋滋地看著自家兒子哄人。

「玩球球也可以。」晏玄景仰頭看著林木，「還陪你捏小雞、玩小恐龍、捏鴨鴨和貓咪。」

林木沐浴著幾個長輩越發慈愛的眼神，抬手捂住了臉，「……你可以閉嘴了吧！」

晏玄景俐落地閉上了嘴。

「那些玩偶有什麼意思！」林木揉了兩把臉，問道：「狐狸是怎麼叫的？我想聽狐狸叫。」

晏歸聞言，迅速挪開了視線。

孤立無援的晏玄景：「……」

林木執著地看著他。

晏玄景沉默了好一會，張嘴，「嚶。」

帝屋瞬間笑出了聲。

林木「哎」了一聲，露出笑容來，嘴角兩個小酒窩甜滋滋的，說道：「我覺得比狗叫好聽，以後就這麼叫吧。」

「？」晏玄景微微睜大了眼。

林木彎下腰來，笑咪咪地拍了拍晏玄景的狗頭，「真可愛。」

「好啦！我去挖靈藥，您幾個應該有很多舊要敘。」林木恢復了那副活力四射的模樣，只覺得腰不疼了腿不痛了記仇也有力氣了，轉身喜滋滋地蹦跳著回自家院子。

剩下的三個大妖怪目送著林木離開，晏歸對自家兒子示意，「你也去，大人說話小鬼別偷聽。」

晏玄景面無表情地看了他爹一眼，又看了看臉上笑意未消的帝屋，目光掃過從帝屋上衣口袋探出頭來的帝休，也不多說，轉頭進了院子。

晏歸隨手扔了個防窺探的法術，說道：「說說吧，你這一身功德和孽障是怎麼回事。」

「怎麼？我本體和魂魄鎮守一方幾千年還不准我拿點功德？」帝屋哼了一聲，「那幫人肯定沒想過我還能得到這麼多功德，要不是功德加身，我八百年前就魂飛魄散了，哪還能換來一線生機。」

「你這身孽障也不安全。」晏歸眉頭皺著，「跟你本體相沖，早晚會出事。」

「小問題。」帝屋手又摸進了褲子口袋，這次點菸之前先把帝休拎出來扔給了晏歸，順利點菸之後猛吸了一口，「我魂魄還沒找完呢，五千年了，每一魂一魄攢下來的功德加起來夠我血洗中原大荒好幾輪。」

晏歸聽他這麼一說，也放下了心，「你心裡有數就好。」

帝屋吞雲吐霧好一會，問晏歸：「大荒最近是不是有什麼事？」

「有，你之前分離出去的力量被一個本體不明的妖怪馭使，在大荒興風作浪，能力還行，給孩子們練習剛剛好，只要防著他來中原就行。」

晏歸說完嘀咕道：「不過他膽子真的挺大，都鬧到崑崙虛去了。」

「青要山裡有通道是吧，我就想說一到A市怎麼就躁動不安。」帝屋看了一眼不當一回事的晏歸，提醒道：「你們最好還是當心那玩意，天生剋你們不說，能馭使我分出去的力量的不會是什麼良善角色，至少嗜殺成性怨氣沖天是必然的。」

畢竟當年他翻船的時候還是有留一手的，帝屋很清楚怨氣不能往神魂裡去，所以當時的怒火和怨氣全塞進沒有意識的力量之中了。

俗話說得好，留得青山在不怕沒柴燒，湊齊了不帶怨氣的魂魄神魂清明，再找點本體回來在靈氣充足的土裡扎根，過個萬八千年又是一條好漢，力量那東西重新修練就好了，問題不大。

現在力量被別人利用了，帝屋也覺得無所謂，反正他短時間又不會去大荒，怎麼樣災禍都不會到他頭上來，他自己中原的事還沒忙完呢。

但帝屋還是很清楚自己的力量對妖怪來說有多毒，於是又十分嚴正地告誡晏歸，「儘快解決。」

「好，我這次來本來就只是來看看林木的，你們算是意外收穫，這兩天就要走了。」晏歸應了帝屋的話，感受著爬到他腦袋上的帝休，顫了顫耳朵，又看了看帝屋，猶豫了一下，還是問道：「你到底被封在哪了？我們上尋九重天下找幽冥地都沒摸到你一根毛。」

「你們當然摸不到，那群人膽子可大了。」帝屋說著踩了踩地面，「我的神魂和幾個大塊的本體，被分別封在了好幾條游走的龍脈裡。」

風水龍脈向來都是少數人類和妖怪才會去研究的東西。

晏歸眉頭皺起來，「什麼意思？」

「意思就是，那群人本意是把整個中原和大荒都拖下水，想藉著遊走的龍脈帶著我踏遍中原和大荒，使得萬千生靈共同平攤罪孽，消弭因果，然後再以術法困鎖龍脈來私用。」帝屋說著，嘿嘿笑了兩聲，「誰能想到龍脈早就生出靈智了呢？」

他積夠功德出來之前，已經跟幾條成精的龍脈打了好幾年麻將了。

中華乃從龍之地，除了一條巨大的祖龍之脈以外，還有不少憑依得天獨厚山水而生的小龍脈。

這些龍脈一開始沒有生出靈智來，往往會固定在一個地方，用當年人類修行者的話來說，那裡就是一片洞天福地。

而這些龍脈也相對比較脆弱，可能會隨著山勢的變化與漸漸枯竭的水源而消弭無蹤。

有些運氣好又沒有被人找到用來修行建府的，時日久了，就會生出一些淺淡的意識與本能來，開始能夠脫離自己誕生的地方，在各處山水間肆意遊走。

這種被稱作「走脈」的小龍脈往往極難被發現，但一旦被逮住了，其價值也遠超過普通的小龍脈。

只不過沒有任何人類或者妖怪想過，走脈其實是龍脈生出了些許的靈智。

——因為龍脈並沒有成精的先例。

橫跨整個中華大地的祖龍之脈從上古開天闢地時就存在，這麼多年了可是一丁點動靜都沒有。

連帝屋也沒想到，當年設局的人類更想不到。

帝屋畢竟是天生地養、尤受天地喜愛的神木，設局將他支解成這樣，那就是對天地寵兒動刀子，這份因果實在可怕。

所以當年為了能夠消弭帝屋這麼大一個坑，讓自己的子孫後代在此基礎上得以福壽綿延羽化登仙，中原和大荒兩方主事者都下足了血本。

可惜，被捉過一次的走脈愈發機靈，跟那些擁有智慧的生靈近距離待久了，懵懵懂懂的靈智突飛猛進，沒過多久就開了竅。

「我這些年可沒你們想像的那麼慘。」帝屋說道。

要不是與那些龍脈相伴，他哪能得到這麼多——只不過前幾千年他都因為魂魄不全而昏昏沉沉的，直到數百年前有一次兩條走脈不小心面對面撞上了，讓他擁有了一魂一魄，不然他到現在大概還是昏昏沉沉醒不過來。

晏歸聽完帝屋的話，打量了一下老朋友如今的狀態，看起來雖然有些虛弱的樣子，但也還算不錯。

只是這一身血煞凶氣實在是讓人看了就不舒服。

以前的帝屋可是個清清白白渾身上下沒有一點這類氣息的妖怪，現在有了，相隔數千年的記憶翻湧而來，晏歸只覺得處處都不對勁。

「那帝休呢？」晏歸問：「帝休是怎麼回事？」

帝屋看著坐在晏歸頭頂上的帝休，說道：「這個蠢蛋的問題比較好處理，現在中原靈氣盡褪，人類丟失了許多傳承，能尋窺龍脈的少之又少，所以沒到我這個程度，基本上跟著他的因果走就行了。」

大概是因為如今的人類實在太弱的關係，帝休的魂魄相對於他來說可是完整得多了。

看他剛被找回來的時候就有清醒的意識這一點就知道了。

當然，也可能是帝休的出現實在有些突然，讓心生貪念的人類壓根沒有什麼準備的時間。

不像當年的他，在中原溜達了十數年，隨著自己的性子交了一堆朋友也結了一大堆的仇，給足了別人瞭解他並設下圈套的時間。

那個時候，大荒和中原之間還不像現在這樣嚴格看守呢。

因為那時候的人類也是修行者居多，妖魔鬼怪仙佛人神都知道彼此的存在，自然也沒有嚴格區分開來的必要。

現在的情況就不一樣了。

也幸好現在人類修行者的數量極其稀少，稀少到了需要隱瞞自己存在和傳承的地步，帝休才不至於跟他一樣落得被隱藏掩埋數千年的下場。

「也是運氣好。」帝屋說：「我來就行了，你回大荒處理那邊的事情去。」

晏歸看著帝屋那一身功德，問：「你大概什麼時候能把剩下的殘魂找回來？」

「那得看我什麼時候能找到那幾條躲起來的龍脈了。」帝屋一咂舌，「煩得很，一個比一個能躲，撲空好幾次了。」

晏歸看帝屋的確只是普通苦惱的程度，乾脆不再多說，伸爪子劃開了眼前的虛空，抖掉了坐在他腦袋上的帝休，半邊身子都探進了虛空中出現的縫隙裡。

那縫隙之中並不黑暗，反而閃爍著寶器的光華。

狐狸尾巴一晃一晃，源源不斷地從裡頭扔出了一大堆各種各樣的靈藥。

帝屋也不跟他客氣，摸出了一個小袋子，一株一株裝進了袋子裡。

被抖下地的帝休被嘩啦啦落下來的靈藥埋在下面，艱難地掙扎出來之後，看著一個扔一個接的兩個朋友，氣呼呼地隨手撿了株靈藥，拖著走向了自家孩子的小院子。

帝屋扭頭看了一眼拖著靈藥跨過了朝暮的帝休，收回了視線。

林木在院子挖靈藥。

這些靈藥很珍貴，不具備清淨靈力的人類、普通的工具或者是屬性相剋的一些東西都不能跟它們接觸。

一碰到就會壞掉，所以只能帶著幾個與靈藥親近的小妖怪用手挖。

晏玄景也在幫忙，還友情提供了能長期保存靈藥的儲藏道具。

不過帝休從柵欄底下的洞鑽進院子的時候，他發現小狐狸好像被孤立了。

幾個小妖怪躲在林木後面，跟晏玄景隔著好大一段距離挖著靈藥，時不時抬頭看看那邊的九尾狐，暗中觀察，竊竊私語。

帝休隱約從風中聽到了一些。

小人參童言童語地嘀嘀咕咕，「原來那個大妖怪就是牛奶糖呀，怪不得那麼喜歡吃雞。」

旁邊的小馬鈴薯一頓，「林人參你……是不是拉著牛奶糖去抓過野豬和山雞……？」

小人參渾身一僵。他不只抓著牛奶糖去抓過野豬和山雞，還差遣過牛奶糖在他們挖地基時候幫忙翻土運土呢！

小人參打了個哆嗦，期期艾艾地看向那邊沉默挖著靈藥的晏玄景，猶豫了一下，對林木說道：「牛奶糖他那邊一個人，看起來好可憐哦。」

「那你可以去陪他呀。」林木笑咪咪地說道。

小人參看著林木臉上甜滋滋的笑容，縮了縮脖子。

林木偏頭看了一眼晏玄景。

這隻九尾狐跟他爹完全不一樣，像是把禮儀和姿態刻進了骨子裡，哪怕是綁起大袖在幹這種粗活，也自帶一種優雅矜貴的氣質。

林木覺得晏玄景只要不開口，真的是怎麼看怎麼養眼。可惜一開口就是災難。

晏玄景察覺到林木的視線，偏過頭來。林木無情地轉回了頭。

晏玄景也不在意，把新挖出來的靈藥拿合適的容器裝好，察覺到一旁窸窸窣窣的動靜，落在院子裡氤氳成一片光亮霧氣的月華若有所覺，星星點點湧向了某處。

九尾狐的目光看過去，發現承載著帝休殘魂的小木偶從藤蔓密密麻麻的葉子底下鑽了出來，懷裡還抱著一株上佳的靈藥。

月華落下來，零零星星地落入了小木偶的身體，過了一會就停了下來，數團有小木偶半個腦袋大的光團在他周圍繞來繞去。

帝休抬起手來，摸了摸那幾團月華，然後把它們推遠了。

凡事講究慢慢來，他如今的神魂承受不住太多的日月精華。

林木也察覺到了月華的異動，他抬頭看過去，就看到他可憐的爸爸正抱著株靈藥，仰頭跟晏玄景對視。

晏玄景實在是看不懂帝休的沉默是什麼意思。但是對於這位曾經救過他命的長輩，晏玄景當然不會怠慢。

他想了想，運起妖力把手上的泥土剝離乾淨，捧起了小木偶，開口道：「我記得您，感謝您當年救了我。」

帝休一怔，一手抱著靈藥，一手抬起來。

晏玄景茫然地看著帝休，然後帶著點求助的眼神看向了林木。

林木那邊倒是看懂了，他一抬手，拍了拍旁邊小人參的腦袋。

晏玄景豁然開朗，向著還抬著手臂的帝休低下了頭。

帝休輕輕拍了拍晏玄景的腦袋。

小人參的修行還不到家，看不出什麼名堂。

他頭上頂著林木的手，轉頭問：「那個是誰呀？」

「是我爸爸。」林木說道。

小人參微微睜大了眼，然後迅速接受了這個事實，「那林木的爸爸和……牛奶糖的關係很好嗎？」

林木不知道，只說：「大概吧。」

小人參迷迷糊糊地點了點頭，「怪不得林木你跟牛奶糖這麼親近。」

林木打開了旁邊的水龍頭洗手，聽到小人參這麼一說，覺得有些奇怪，「嗯？」

「就是很親近嘛，林木你會跟牛奶糖說悄悄話，都不跟我們說，偏心。」小人參嘟著嘴，「牛奶糖人形的時候打你你也不生氣，還請他吃飯。」

那邊帝休聽到了這話，微微一頓，看著一點都不覺得那株小人參說的有什麼不對的晏玄景，又扭頭看了看林木。

林木搖了搖頭，「那是我拜託牛奶……拜託晏玄景教我變強，不一樣哦。」

「可是我們這種妖怪哪裡需要打架變強嘛！很痛的，你都流血了，傷得那麼重。」

小人參的嘴撅得更高了。

帝休仰頭看向晏玄景。

晏玄景眨了眨眼，用一口冷冷清清的聲音說道：「晏歸教的。」

帝休轉過頭，看了一眼還在院子外的晏歸，抄起懷裡的靈藥就扔了過去。

正埋頭挖自己小倉庫裡庫存靈藥的晏歸感覺屁股遭到了一記重擊，連忙拔出了腦袋，扭頭看了一圈，最終滿臉問號地鎖定了距離他最近的帝屋。

「你打我幹嘛?!」

把院子裡的對話聽得十分清楚的帝屋吸了口菸，呼出來，「誇你教兒子教得好。」

晏歸：「?」你什麼毛病?

晏玄景看也不看他爹一眼，轉向洗乾淨手的林木，也站起身來。

小人參抱著一大堆靈藥跟在林木屁股後頭當小跟班，一張嘴說個沒完，「牛奶糖打你，還親你，還弄哭你，你都不把他扔掉，就是偏心嘛。」

林木張了張嘴：「……」

晏玄景感覺到兩道充滿殺意的視線，一道來自帝屋，一道來自帝休。

帝休「啪」地打了晏玄景的額頭一下，留下一個小紅印子，從他手心跳下來，在地上滾了幾圈，然後怒氣衝衝地跑向林木。

帝屋捻熄了手裡的菸，一咂舌，再一次對晏歸說道：「你這兒子教得真好。」

晏歸覺得這責任背不得，火速澄清，「我沒教過他這個。」

晏玄景抬手揉了揉被帝休打了一下的額頭，有些不解地看向林木。

小人參跟在林木屁股後面，還氣呼呼地細數林木偏心例子一二三四。

「牛奶糖都睡你房間裡，我們還天天在外頭呢。」

林木：「……」

哦。放心，今天開始他也在外面了。

林木面無表情地看著晏玄景，決定今晚就把所有狗窩和玩具連帶著牛奶糖一起扔出去跟幾個小妖怪作伴。

第十二章

Public Office of Non-human Affairs

平時真看不出來，林人參這軟綿綿的樣子，心竟然還挺黑的。

晏玄景目光冰冰涼涼地掃過跟在林木屁股後面的人參娃娃，兩邊視線對上後，小人參火速閉上嘴，縮在林木後頭不敢探頭出來了。

林木艱難地抱著一大堆靈藥，把跑到他腳邊的小木偶撿起來，糾結了半晌，試著往自己肩上一放。

林木的肩膀並不是什麼平寬的類型，一眼看去單薄極了。

不過小木偶本身也不大，被林木放到肩上之後竟然貼著兒子的脖頸坐穩了。

他抬起手戳了戳林木的臉，怒氣衝衝的，「啪啪啪」地打了幾下林木的面頰。

力氣不大，跟剛剛反手把靈藥扔出去砸晏歸屁股的力道比起來簡直天壤之別。

林木抿著唇笑了笑，偏頭輕輕蹭了一下帝休，雙手抱著靈藥，說道：「別聽小人參亂說，這些靈藥都是要給帝屋的嗎？」

帝休點了點頭。

他在這裡待著很安全，還有日月精華可以慢慢吸收，更別說以後還能收割不知道多少靈藥，所以他一點都不急。

帝屋就不行，帝屋的情況比較特殊，渾身上下都是會被純粹的日月精華所排斥的血煞之氣，也沒辦法從這方面下手，只好先把靈藥都給他了。

林木抱著靈藥走出院子，全都交給了帝屋。

帝屋抬手揉了一把林木的腦袋，突然想到了什麼，問帝休：「你剛到中原來的時候是在哪落腳？」

帝休一愣，有些心虛地躲在了林木的耳朵後，不看帝屋。

晏歸抬起頭看了他們一眼，說道：「他怎麼會知道。」

帝屋沒明白這話的意思，「啊？」

「你指望一個在山谷裡待了這麼多年，出來十幾年就被逮住的妖怪記得些什麼啊？」晏歸翻了個白眼，「帝休到中原前幾年給我們的信說得最多的就是又迷路了，根本不知道怎麼走出去，那個地方的小妖怪也捨不得他走，就亂指路，後來說遇到了個好心的人類把他帶出去了才……」

晏歸說到這裡一頓，抬眼看了看林木肩上坐著的帝休，「那是你老婆啊？」

帝休從林木的碎髮中探出頭來，點了點頭。

晏歸問帝屋：「你要去那裡做什麼？」

帝屋答道：「去把當年他本體生長過的土挖過來啊，不然多浪費，而且被別的人找到了也不好，容易被捉住蹤跡。」

「爸爸以前待的地方？」林木想到自己之前向譚老師要的研究記錄，「我大概有一些資料，是媽媽以前去野外的研究記錄。」

帝屋拿出手機來，覺得大侄子真是可靠極了。

晏歸看了看低頭把資料傳給帝屋的林木，略一思索為什麼林木會有這些資料，眉頭就是一皺，「賢侄你跟你爹在家裡待著，別出去亂晃。」

林木毫不猶豫地點了點頭，「好。」

他拿這些資料也沒有什麼別的打算，就是想去找一找能不能有爸爸的線索。

現在別說線索了，爸爸本人都已經回家了，他拿著這份資料也沒有用。

帝屋能用到算是意外之喜了。

帝休大概也猜到了一點這份資料的緣由，伸手輕輕撫了撫林木的臉。

「那好，我就先撤了。」帝屋收到資料後掃視一大圈，對林木說道：「追查我的那群妖怪和人類就放著吧，不用管。」

林木點了點頭，他只要自己認識的兩邊都沒出事就什麼都好說。

帝屋收好手機，剛走幾步，又退回來抓著老狐狸的毛，說道：「去給裡面那幾個小妖怪下個咒，別走漏風聲了。」

晏歸晃了晃尾巴，邁著四條腿跑進院子給幾個小妖怪下了保密的咒法。他蹲在院子思來想去好一會，還是決定先跟帝屋走一趟，畢竟帝屋現在的情況多少還是讓他有些擔心。

大荒那邊的問題應該不大——反正他們青丘國損失不大。

至於別人受了什麼苦，那又關他這隻可憐弱小又無助的九尾狐什麼事呢？

於是晏歸跟著帝屋走了，說是去找帝休以前扎根過的泥土。被帝休完整的本體蘊養過的泥土能讓帝休再一次扎根時長得舒服一些。

大荒的山谷裡倒是也有，不過距離實在是有點遠，一路上還不一定安全，晏歸也懶得這麼麻煩。

回頭等大荒的情況平靜下來，再把帝休重新種回山谷就好了，問題不大。

林木站在院子門口，目送著兩位長輩離開，然後深吸口氣，「終於就只剩我們兩個了，爸爸。」

帝休摸了摸林木的鬢角。

站在院子裡的晏玄景：「……」

懂了，九尾狐不配有姓名。

晏玄景看著那父子倆，變回了牛奶糖的模樣，回屋找了個狗窩安靜地躺下。這種時候當然是要放那兩個單獨相處。

林木把院門鎖上，看著被挖得有些狼藉的院子，一時之間有些不知道從哪裡說起。

他沒有跟父親相處過，甚至連自己的父親是什麼樣的性格，他也異常的模糊。

林木目光掃過自家的小院子，然後指了指正在蓋的溫室，「那是媽媽以前一直想蓋的溫室，不過我們以前條件不好，沒錢買建材，到現在我才蓋起來。

「那邊是我留給盆景的地方，屋子一樓有幾間放花的房間，都是照顧盆栽用的——以前媽媽做的，我大學生活費和學費除了獎學金就是靠賣這些花花草草。

「媽媽生了我之後身體就不太好，小時候老是有人欺負我們，不過後來都被我打跑了，有好多好多年沒有人敢再來打攪我們了。」

林木說著走進了屋，直奔上樓，帶著爸爸走進了媽媽的工作室。

帝休被林木放在了書桌上。

透明玻璃桌墊下面壓著一張張照片，有的已經泛黃褪色了。那是林木跟媽媽的合照，還有林木幫媽媽拍的一些照片。

帝休坐在書桌上，看了一眼正打開書櫃的兒子，爬起來，在書桌上挪動著，一張一張地看著那些照片。

這些都是他未能參與的時光。

人類到底不如妖怪強大，五年時光過去，哪怕林木努力留住了房間的原樣，屬於媽媽林雪霽的氣息也已經消失得一乾二淨。

四處都是日月精華與帝休木讓人平和而安寧的氣息。

房間的擺設稍顯擁擠雜亂，但正因此而富有生活感——就好像這間房間的主人只是匆匆忙忙地出了個門，隨時都會回來一樣。

帝休偏過頭，看到了壓在資料夾上的相簿。他伸出手，把相簿拉了下來。

林木把書櫃裡裝著帝休果的紅漆木盒拿出來，偏頭就看到爸爸正翻開相簿，站在如今比他這個小木偶還大了好幾倍的相簿旁，沉默地看著那些歷經時光的照片。

小木偶沒有臉，也沒有聲音。但林木莫名覺得爸爸這一刻的神情應當是格外溫柔的。

「這是你留給媽媽的果子。」林木把盒子放到爸爸身邊，開了鎖。

黑漆漆的帝休果躺在紅漆木盒子裡，平凡無奇的模樣，卻被小心地墊了好幾層天鵝絨，連盒子四面也都是防撞的絲絨，小心地保護著其中的珍寶。

林木把帝休果拿出來，交給帝休，猶豫了一下，還是說道：「這顆果實對你現在的情況有用的話……」

帝休搖了搖頭，抱著這顆果實輕輕蹭了蹭，然後像是在尋找什麼一樣，在這個巴掌大的果實外殼上敲敲打打。

林木坐在凳子上，看著他爸爸。帝休果在帝休的輕輕敲打中浮出了一點點淺黃色的光亮。帝休抱起果實，把它舉到了林木面前。林木愣了愣，伸手輕輕觸碰了一下那點點光亮。

他聽到有誰的聲音隨風而來，溫柔而喑啞的輕聲說道：「來講這個故事吧。」

林木看到了曾經在夢中見過的那一棵蒼青色的巨樹。

身著墨綠色長袍的妖怪坐在糾結的樹根上，百無聊賴地把玩著一顆果實。

正是春末夏初的爛漫時候，怒放的繁花鋪成一片絢爛的海洋，簇擁著一棵蒼鬱的巨樹。

有一雙手撥開了重重荊棘與藤蔓的遮擋，狼狽地跌進了這一方璀璨的世界。

有天光從枝杈間落下來，籠罩著樹與花與朦朦朧朧的人形，撞進了渾身狼狽邋遢的人類眼中。

她怔愣了許久，露出一個燦爛的笑容來，帶著厚厚的塵土和疲累也遮不住的明豔與活力。

「妖怪先生，您可真好看！」她這麼說道，有光落在她身上，落進眼睛裡，像夜幕中落入了碎金。

時隔五年，帝休終於走出了讓他迷路迷五年的那片森林。

他的人類帶著他翻過了無數山水，踏入了人群，走進了城市，吃遍了以前從未嘗過的味道。

他的人類總喜歡擺弄相機。他的人類喜歡在人流裡，在群山中，在任何一個時候牽著他的手，緊緊的，怕他走丟。

他的人類還喜歡親吻、擁抱，喜歡笑。

她總因為帝休不願意被別人看到而竊喜，總說怕他被別人搶走，總說跟他在一起是她賺到。

她總說等她老了，帝休還依舊帥氣年輕，到時候她是個多幸福多令人羨慕的老太太啊。

帝休眼中的林雪霽總是快活而恣意的，就像是一朵迎風而長的花朵，堅韌又嬌嫩，肆意怒放著，向所有人展露著自己的美麗。

帝休總是注視著她。

人類是一種很神奇的生靈，天生擁有智慧，壽命卻極其短暫，但他們總是能在有限的生命中做出一些不可思議的事情。就像擦過天際的流星，絢爛又短暫。

帝休覺得他的人類大概是最亮眼的那一個。

帝休果裡的記憶只有最為甜蜜和快樂的部分，帝休看著林木失神的模樣，轉頭將手中的相簿翻到了最後一頁。

最後一張照片是林木為躺在病床上的媽媽拍的。她的情況非常糟糕，臉色蒼白如紙還有點皺巴巴的，頭髮全沒了，臉上和手上都插著管子，眼睛不再像帝休記憶之中的那樣烏黑明亮，蒙上了一層淺淺的陰翳。

她大概是被人扶著坐起來的。瘦弱的軀體薄脆如紙，但依舊努力挺直了背脊，對著鏡頭露出個小小的笑容。

照片中的林雪霽並不美麗，帶著傷痛與虛弱的病症，脆弱又堅強的模樣，透著些許細小的溫柔。

一如曾經他們初見時那道從帝休蒼鬱的枝杈間透下來的明亮天光。她披著那光，走過來。

林木過了許久，才恍恍惚惚地從那一段漫長又短暫的回憶之中回過神來。

他看了一圈房間，發現帝休已經把相簿闔上放回了原處，環抱著那顆果實，腦袋貼在上頭，沉浸在那點點淺黃色的光亮裡，看來是完全沒有使用這顆果實來填補自身的打算。

林木沒有去打擾爸爸，他並不清楚那段平和又甜蜜的回憶後來發生了什麼，不過比較一下剛剛那段記憶裡活力四射的明豔美人，和自己記憶中總是帶著病痛、說話溫柔平和的媽媽，林木覺得後來的事情恐怕十分糟糕。

林木起身，輕手輕腳地離開了房間。

他帶上門，趴在黑色果實上的帝休輕蹭了一下懷裡的果實，有夜風從窗戶灌進來，有如嗚咽。

給爸爸準備的房間大概是不能用了。林木是真沒想到爸爸會是這個樣子，如果放他一個人在媽媽的臥室好像有點太大太寂寞了。

畢竟光是一張床的大小，就足夠小木偶在上頭跑步鍛練身體了。

林木一邊想著，一邊走下樓，思考著應該給爸爸準備點什麼。

結果一下樓，就看到牛奶糖趴在窩裡，腳底下踩著一株白嫩飽滿的人參。

人參躺在他爪下裝死，連那一串紅彤彤的人參籽都枯萎地垂下來，顯得可憐兮兮的。

牛奶糖趴在那裡，低著頭，時不時撥弄兩下那株虛弱的人參。

林木定睛一看，發現那株人參可不就是林人參那個報馬仔嗎。

大概是察覺到林木來了，裝死的人參突然掙扎了起來，咿咿嗚嗚地喊林木，「林木林木！牛奶糖好壞！牛奶糖欺負我！」

牛奶糖抬起頭來，看向了林木，並沒有鬆手的意思。

林木看著小人參，又看了看乖巧的牛奶糖晏玄景，在對方的注視下抬腳走過去，然後無情地跨過了掙扎的小人參，轉頭進雜物間翻找東西去了。

讓報馬仔跟牛奶糖去互相傷害吧。

他們打架，跟我這個可憐無辜又總是躺槍的小樹苗有什麼關係呢？

林木一邊想著，一邊翻找工具，拿著一大堆工具和石墨筆出來，走到院子打開了大燈。

整座小小的院落亮如白晝。

林木從院子堆著的建材堆裡撿了幾塊邊角料出來，準備給他爸爸做個小床。

他會木工，是媽媽教他的。

他們合作的第一個作品就是院子裡的那一架鞦韆，這麼多年了，除了漆料斑駁、繩子還斷過兩次以外，依舊十分堅挺。

用普通人的眼光看，媽媽當年的確是個非常厲害的人。

好像什麼事都會做——不會做的就上網去學學，學著學著也就會了。

只不過林木從小早慧，看媽媽做過一次有些辛苦之後，就主動去學，接著家裡那些事情媽媽就全交給他了。

這麼想想，媽媽好像從來沒有對他異於其他小朋友的頭腦和力量表現出什麼異常的情緒。似乎這一切都理所當然，甚至媽媽還總是誇讚他。

在林木的印象裡，媽媽總是喜歡叫他「媽媽的小福星」之類的暱稱。

林木以前一點都不覺得自己是媽媽的福星，如果他是福星的話，媽媽怎麼也不該因為生他而種下病根，身體虛弱不說，最後還油盡燈枯撒手人寰。

看過了那一段記憶之後，他大概領會了一些。只是林木依舊不能完全理解媽媽這樣的情感。

——明明可以不要把他生下來的。

林木垂著眼在木材上畫出了一道道痕跡，深吸口氣，拿起鋸子順著痕跡切割起來。

晏玄景叼著掙扎個不停的小人參走到院子，看了一眼埋頭苦幹的林木，發覺自己對這件事幫不上什麼忙，只好趴在臺階上，抓著人參，沉默地陪伴著夜幕燈光下忙碌的半妖。

對於他們這種非人類來說，幾天不睡覺並不是什麼問題。

林木照著媽媽房間的大床做好了一個袖珍版的小床，塗上了塗料，放在陰涼通風的地方晾著。

他放下手裡的工具，摘掉手套，又進屋去拿了一套新的東西出來，往門口臺階上一放，自己在牛奶糖身邊坐下來。

晏玄景還以為林木進屋就不會出來了，發覺他在自己旁邊坐下之後，頗有些驚訝地偏過頭來。

林木拿出了針，察覺到晏玄景的視線，偏頭跟他目光相對。

「怎麼了？」

晏玄景把小人參推開，看著他一溜煙地鑽進地裡，又轉頭看向林木拿出來的一大袋子毛。都是之前從他身上梳下來的。

九尾狐想了想，問道：「還需要毛嗎？」

「不用了。」林木搖了搖頭，從袋子裡拿出幾團毛，梳理好，像是想到了什麼，問道：「你們這樣掉毛，人形的時候會脫髮嗎？」

晏玄景回答得十分乾脆，「不會。」

「哦，真好。」林木說道。

人類男性到了中年好像大多都會展露出自己光亮的頭頂。

不過無所謂，他現在不是人類了，是個半妖，應該也不再有禿頂的憂愁。

林木抬手摸了摸自己的髮頂，發現小樹苗不知道什麼時候又冒出頭來了。

「你在做什麼？不陪帝休前輩了？」晏玄景問。

「他現在一個人待著比較好，我先幫爸爸做一套小被子。」林木回答，把毛梳理整齊，折起，放在工作墊上，開始拿針一下一下地戳。

晏玄景聽著一旁細細碎碎的聲音，對這種手工沒什麼興趣，懶洋洋地打了個哈欠，沐浴著小帝休身邊的月華闔上眼，正準備打個盹時，再一次聽到了林木的聲音。

林木問：「你說，還能找回媽媽嗎？」

晏玄景聞言，睜開眼，看向了林木。

「我聽大黑說，人類其實連頭七都沒過就已經走完審判投胎的流程了，因為地府很忙，所以效率奇高。」林木說完，自顧自嘆了口氣，自問自答地嘀咕，「我媽媽……是回不來了吧。」

晏玄景沒說話，默認了。輪迴這種事，哪怕是已經成仙的人和妖都是無法涉足的。

地府的效率向來是幾界當中最高，尤其隨著人口越來越多，地府下頭也愈發不講情面，就純粹按照絕對的規則走。

就好比帝屋這事的因果，放在以前人口不多的時候，負責審判的閻羅會聽取冤情，酌情給不知情者減輕一些刑罰，並給始作俑者記上一筆。

但現在早已經沒那個空閒了。

想要插足輪迴之事，只有像大黑那樣，在人剛走、屍體還熱著的時候就跟進地府橫插一腳。不過大黑也為此付出代價了，地獄的刑罰可不是什麼隨便說說就能通過的簡單玩意。刀山火海油鍋，那都是真正字面意義上表達的場景。已經被打入地獄、投入輪迴的鬼魂是誰都無法拉出來的，不然這世間早就亂套了。

林木看著沉默的晏玄景，抿抿唇，知道自己心裡那點小小的期望是沒戲唱了。他長呼出了口氣，沉默下來。去者不可追。

晏玄景看看他，坐起身來變成人形，捲起了袖子，也拿了幾團自己的毛，說道：「教我？」

林木抬眼看看晏玄景，在夜晚的燈光底下，晏玄景好像更加好看了幾分。

林木輕哼一聲，也拿出了新的毛，開始教晏玄景戳毛氈。

狐狸精雖然一條思路從頭通到腳彷彿一點也不懂什麼叫拐彎，但他無疑是十分聰明的。

晏玄景對這種簡單的手工很快便上手，兩人隔著個小桌板面對面坐著，窸窸窣窣地戳著毛氈。

林木沉默了好一會，手裡的針停頓了兩秒，問道：「你知道我爸爸為什麼來中原嗎？」

這件事晏玄景聽晏歸說過，於是簡短地答覆道：「他自己想出來看看。中原靈氣衰退，人類弱，而且約好了三十年回去一次，他不回去朋友們就出來找，所以我父親他們並沒有阻攔。」

林木嘀咕，「可是妖怪好像都不喜歡親近人類吧，為什麼我爸爸他……」

「因為帝休前輩幾千年來都沒有離開過那座山谷。」晏玄景說道。

而且一直以來跟帝休作伴的那些大妖怪，在他身邊的時候都沒什麼脾氣，因為帝休的力量異常平和。

就連晏歸都會收斂不少，更別說帝休到了中原之後碰到的那些根本抵擋不了帝休木力量的小妖怪了。

林木的媽媽對於帝休來說，就相當於驟然落入平靜如鏡的湖泊中的石子，打破了平靜，攪動出第一圈漣漪。

那種驟然被打破了樊籠、豁然開朗的感覺，已經足夠一個生活平靜了數千年時光的妖怪心甘情願地付出一些東西了。

只是帝休被養得心思異常單純，直接將自己一腔真心交付了出去。

所幸他沒有交付錯人，只可惜結局並沒有那麼美麗。

林木這一輩子還很短，對於這種情感不太能理解，只是在知道了資料室的那本記錄上說的、晏歸他們封鎖山谷和帝休消息的原因之後，心中的最後一點疑惑也解開了。

他放下了心，並為父親擁有這樣的友人而感到高興。

林木想到晏玄景說自己沒錢的事，轉頭從盒子裡摸出一張卡。

那是帝屋給他的信用卡，之前帝屋還嚇唬他說不花就半夜爬過來找他，他當時壓根沒往心裡去。

——他又不怕被嚇，更何況還有朝暮呢。

所以到現在，那張卡林木一次都沒動過。

不過晏歸之前給了帝屋那麼多靈藥，林木覺得帝屋的錢給晏歸的兒子花也是應該的。畢竟從晏玄景變成牛奶糖蹲在他家的頻率來看，可憐的九尾狐八成是沒有別的地方能住。

林木把卡交給了晏玄景，「這是帝屋的信用卡，不用密碼，具體有多少額度我不清楚，你要是有什麼想買的，直接刷就好了。」至於林木，他自己有錢。

晏玄景也不推辭，乾脆地收下了信用卡。他們這種有權有地位的大妖怪對於金錢這種東西實在沒什麼概念，對於推辭客氣這種事更加沒有概念。

晏玄景垂著眼，看著被自己戳得歪七扭八的毛氈，又看了看林木那個戳得工工整整漂漂亮亮，還已經鋪上了第二層毛的毛氈，想了想，放下了手裡的針，帶著信用卡出門了。

林木看著他走出了院落，半晌，收回視線，低頭繼續戳毛氈。

樓上的房間裡，抱著果子跳下了書桌，準備去找兒子的帝休仰頭看著那個圓形的門把，又看了看自己兩隻沒有手掌的光滑木手臂，不禁陷入了沉思。

林木花了整晚，幫爸爸做了一張小床和一整套的寢具。

這類細緻的手工他雖然會，但到底經驗不多，做成小墊被的毛氈還好，小被子就歪歪扭扭的，更別說用以前留下來的碎花布做的被套實在醜得厲害。

林木看了一眼已經泛起了些許微光的天際，把小桌子上的東西都收好，準備去叫爸爸一起來看日出。

林木家就有這麼一個好處，是媽媽特意挑的。坐北朝南通風透氣，天氣好的時候爬上屋頂，既能看日出也能觀日落，視野一片平坦，毫無遮擋。

林木搬著小桌子回屋，把小桌子放好，上了樓。

帝休蹲在門口思考了一整晚也沒能想出開門的辦法，最後乾脆抱著果子，轉頭去大開的窗戶下晒月亮。

窗戶倒是開著，但周圍沒有能讓他攀爬落腳的地方。

林木進房間找了一圈，在地毯上找到了環抱著果實蜷成了顆球的小木偶。

果實依舊溢出星星點點的淺黃色光芒，落在環抱著它的帝休身上，溫柔而無聲。

那些像是碎金光塵一樣的光亮是果實的力量。這些力量能留下一些美麗的回憶，而吃下果實，則能在睡夢中再經歷一次美妙的回憶，等醒來之後，心中最為掛念愁苦的事情不論是好的還是不好的記憶，都會消失得一乾二淨。

妖怪吃帝休果和人類吃帝休果是不一樣的。

妖怪吃了的話能夠憑藉自己的力量留下不該忘記的事情，對強大的妖怪來說，甚至一顆果實的力量都不足夠撫平他們躁亂的精神。

但於人類而言，一顆果實就足夠他們變成一個快樂的小傻子了。

至少，如果媽媽當初吃掉了這顆果實，她剩下的那些年，哪怕身體不好，應該也會像看到的回憶那樣，明豔而活潑，像個小孩子。

林木在小木偶旁邊蹲下，掏出手機拍了張照，小心捧著還在呼呼大睡的帝休爬上了屋頂。

太陽剛探出小腦袋的時候，帝休就抱著果實打了個滾，跌跌撞撞地爬起來，仰頭看向林木。

小木偶現在的模樣並不好看，像是小孩子玩家家酒的時候隨手雕刻出的形狀，除了看得出來是個人形以外一點也不精巧，到處都是坑坑疤疤，連腿都一長一短一胖一瘦，走起路來踉踉蹌蹌。

林木看著帝休，在晨光中露出笑容來，「早安啊爸爸。來看日出。」

林木這麼說著，在屋頂上盤腿坐下，把帝休連帶著果實一起捧起來，「媽媽跟我說過，她選房子的時候特別選能夠看到日出日落的地方。」

東邊是一片平坦的田野，西邊是遠處綿延的群山。

帝休仰頭看著林木，抱著果實，也露出笑容來。

——雖然那張坑坑疤疤的臉上看不出什麼來。

他做了個美夢，夢裡他和妻子都好好的，林木也在身邊，彼此陪伴依偎著過完了人類短暫的一生。後來他帶著林木回到了大荒的山谷，每天晒晒太陽，跟朋友們聊聊天吃點好吃的，興起時又一起出去看看。

朝陽的光線從天際鋪開來，非常平靜，也非常美麗。

帝休坐在林木的肩上，看著霞光萬道的朝陽升起，然後扯了扯林木的鬢角。

林木偏過頭，他就從林木的肩膀跳了下來，邁著長短不一的兩條腿，走下了屋頂。

林木跟在帝休身後，看著他走到臥室門前，敲了敲門。

林木一怔，伸手把門打開，「怎麼了？」

帝休手扶在門上，比了比自己的高度，指了指門把，然後在門下方畫了個圓，蹦蹦跳跳比劃著。

林木看他跳了老半天，才明白了爸爸的意思。

「要開門？」林木問道。

帝休連連點頭。

林木愣了愣，問道：「可是妖怪不是會飛嗎？」

帝休搖頭擺手。誰說妖怪都會飛的，帝休就不會——種族問題，他們不能上天，想要趕路的話，基本上都是用縮地成寸的術法。

講白了，哪個植物成精的妖怪會喜歡上天啊，腳離開土地很沒有安全感好不好。不過某些種子的時候會隨著風飄的植物除外，像那種類型的植物妖怪，成了精上天下地都去得了。

帝休是從一開始就扎根在地上的，也學過飛，反正沒學會就是了。

「是力量不夠嗎？」林木問。

帝休搖了搖頭。

那就是不會了。林木覺得這可真是太好了，以後他可以跟爸爸一起學飛。

「我裝幾個小門吧。」林木說道，整晚沒睡也依舊活力四射，把小木偶往自己的口袋一放，「我還幫你做了張小床，你想住媽媽的房間還是別間？」

帝休指了指林木的房間。

林木點點頭，走進雜物間翻找起來。

賣場剛開門不久。

晏玄景站在一家裝潢得粉粉嫩嫩的店家門口，迎著路過的人與店員的視線，抬腳走了進去。

店員迎上來，看著穿著一身正經八百長袍古服的晏玄景，被他那張臉閃得愣了好一會，才在晏玄景的注視下回過了神。

店員恍惚地說道：「先生您好，請問需要什麼呢？」

「毛氈玩具。」晏玄景說完，頓了頓，想起林木為帝休做的床，抬起手比劃了一下，補充道：「還有大概這麼大的床。」

店員盯著他比劃的大小，詢問：「是給孩子玩的芭比娃娃配件嗎？」

「……」晏玄景不知道芭比娃娃是什麼，他沉默了兩秒，難得有些遲疑地點了點頭。

但他的遲疑並沒有被店員注意到。店員心中感慨著果然好看的男人都已經成家了，一邊引導著晏玄景進入了店內深處。

晏玄景對這些東西絲毫沒有概念，基本上店員說是整套需要的東西，他都毫不猶豫地買了下來。

晏玄景在四處溜達的時候看過人類是怎麼付錢的，他拿出信用卡交給對方，剛好接到林木打來的電話。

林木在電話那頭「匡匡」釘木板，手機放在一邊，問道：「牛奶糖你在哪？」

「賣場。」晏玄景答道。

林木釘木板的動作一頓，說道：「那正好，你回來的時候幫我買點螺絲釘螺帽什麼的好嗎？型號我再傳給你。」

「好。」晏玄景沒意見，掛斷了電話。

旁邊的人類對他說：「您太太的電話嗎？」晏玄景一愣，滿頭問號。

櫃員一邊手腳俐落地打包一邊說道：「您太太真有福氣，像您這樣會親自來幫女兒買這種玩具還如此大方的丈夫太少了。」

雖然穿得有點奇怪。櫃員這麼想著。

晏玄景聽完這句話，一時之間不知道應該怎麼接。

他思來想去，最後說道：「不是我太太。」

他說完又卡住了，半晌也沒能想到自己跟林木到底算什麼關係。

說朋友好像也談不上，說師生的話，林木自從知道了植物妖怪應該怎麼成長之後，就不再那麼熱衷找他打架了。林木倒是學了一些小小的術法，只不過天賦所限，至今沒學會半個。

晏玄景站在那裡沉思著，推著裝了打包好的玩具的推車，去找林木要的零件時也還在沉思。

回到家看到正在改造門板、嘰嘰喳喳地跟坐在旁邊的軟墊上抱著靈藥緩慢吸收的帝休說話的林木時，那小小的問題又一下子被他扔到了角落去。

具體是什麼關係他沒辦法法給一個位置。

但毫無疑問的是，跟小帝休待在一起相當舒服——不僅僅是帝休本體的原因。

那是一種非常明確地知道有人記掛著自己、關心著自己，十分赤裸而直白的溫熱感觸。難以描述，但晏玄景幾乎沒有從別人那裡得到過這樣明確而強烈的感覺。

妖怪的壽命實在很長，而林木的這一生還太短，跟他們這種活久了、心態平靜到難以產生太多波動的妖怪不一樣。

他還像是個普通的人類一樣，情緒直觀而熱烈，活力四射，對妖怪而言感染力實在強悍。

林木偏頭看向站在外面的晏玄景，看到他身上還穿著那一身古服之後愣了愣，

「你不是去買衣服了啊？」

「嗯？」晏玄景收回神，聞言，低頭看了看自己身上的長袍，不明白自己為什麼要買衣服。

這可是品質極佳的法袍，防禦能力極其強大，整個大荒找不到幾件，樣式也很好看。

林木放下手裡的工具，問道：「你去賣場，不是買衣服，那是去買什麼了啊？」

「這個。」晏玄景拉開了虛空，從裡面搬出了好幾個大箱子。

林木疑惑地看著他把箱子打開，被壓得非常緊實的毛氈玩具一下子就膨脹了出來。

林木看著那些不是充滿了少女心就是充滿了童趣的毛氈玩具，渾身一震，「你買這些做什麼？」

晏玄景十分嚴謹，「我做得不好，這個好。」

他一邊說著，一邊打開了另外幾個箱子。一整套迪〇尼公主芭比娃娃和相關的配件玩具完完整整地攤開在林木和帝休眼前，上至城堡模型下至娃娃要換的衣裙鞋飾一應俱全。

還有好幾個不同樣式的公主床，被晏玄景鄭重其事地拿了出來，然後說道：「不用自己做，可以買。」

林木看了看那些花俏的公主床，把自己做的床翻出來，偏頭看向了爸爸。

帝休看看自家兒子做的醜得要命的床，又看了看大侄子買來、明顯舒適和美觀都上升了好幾個等級的床，想了想，覺得自己應該要照顧小孩子脆弱的內心。

於是他把自己懷裡抱著的果實放到了粉紅色的公主床上，自己爬上了林木那張醜得要命的破床，坐在床上，對於自己的處理手段異常滿意。雨露均沾，非常完美。

林木看著剩下的那些花俏的床，不知道該怎麼處理。

小人參和他的三個小伙伴攀在門口，眼巴巴地看著屋裡那些可愛的小玩具。

「真好看。」小含羞草小小聲說道。

「是啊，真好看。」小人參抓著自己小肚兜的口袋，眼巴巴地看著那邊。

小馬鈴薯看著小木偶懷裡抱著一支竹蜻蜓，羨慕地說道：「我也想玩。」林大羞跟著點了點頭。

四個小妖怪相互看看，你推推我我推推你，最後小人參被他們拱到了最前面。

林人參背負著三個小伙伴的期待，嘛著嘴小聲說道：「可是林木沒說要給我們呀。」

三個小妖怪失落地低下了頭。四個小妖怪裡，雖然外表看起來只有林馬鈴薯是剛開始發育的少年模樣，但實際年齡最大的還是小人參。

他努力擺出了兄長的架子，童言童語地說道：「林木收留我們，還買了溜滑梯給我們，還天天給我們喝果汁吃零食，已經夠好啦，不能太貪心。」

話是這麼說的，但他眼巴巴看著那幾箱玩具的眼神一點說服力都沒有。

晏玄景回頭看了他們一眼。四個小妖怪腦袋一縮，躲起來了。

林木也聽到了那邊的動靜，他偏頭看了一眼努力搓竹蜻蜓的小木偶，小聲向晏玄景詢問道：「可以給他們玩嗎？」

畢竟是晏玄景買來的東西，林木當然要徵詢他的意見。

晏玄景完全無所謂，他點了點頭，看著林木抱著箱子發玩具給小不點們，又轉頭去處理放在地上的幾塊門板。

林木好像總是能找到事情做，過起日子來熱熱鬧鬧，一點也不寂寞的模樣。總是忙碌個不停，像顆小陀螺。

晏玄景聽到「咚咚」的響動，收回視線，看到坐在那張醜醜的小床上的帝休放下了竹蜻蜓，正抱著一個小波浪鼓「叮叮咚咚」地轉來轉去。

帝休見晏玄景看過來，對他招了招手。晏玄景坐下，湊過去。

帝休指了指林木，又指了指自己的臉，然後手抬起來放在了自己的臉側。

晏玄景微微一頓，問道：「講講林木？」

帝休趕忙點點頭，抱著波浪鼓坐下，有點不太好意思地搓了搓手。

從別人那裡才能瞭解自家孩子，怎麼看都好像有點奇怪。

不過帝休也不知道應該怎麼做才好——很明顯的，林木也不知道應該怎麼跟他相處，帝休看得出來兒子在他面前有些拘謹。

父子兩個都不知道應該怎麼面對彼此，因為沒有太多的瞭解，也沒有感情基礎。

哪怕林木已經很努力找話題了，但他似乎覺得，能跟爸爸說的只有媽媽的事，對於自己的事情總是寥寥幾句就帶過了。

林木本身又不是那種能一個人講單口相聲話很多的人，帝休現在沒辦法回應他，他把話題用完之後，就不知道應該講些什麼了，於是只好轉而去為他做一些事情。比如做點小玩具、小床，帶他看看日出，幫忙種些靈藥之類的。

帝休多少有些著急，但他明白這種事情著急也沒有用。只有等到他收回了足夠的魂魄和本體，至少就能說話了。

不過這也不是什麼大問題，帝休抱著波浪鼓晃了晃，聽著波浪鼓「叮叮咚咚」的聲音，看向在院子外的林木。

他們還有很長很長的時間可以慢慢相處。

「林木……」晏玄景斟酌了一下措辭，半晌，只乾癟地憋出了一句，「是個挺好的半妖。」

帝休：「……」

「……」晏玄景也覺得自己這話說得有點過於愚蠢。他沉默了好一會，乾脆不斟酌了。

「他過得很熱鬧，跟我父親那種喜歡故意去製造的熱鬧不大一樣。」晏玄景說話的語調始終冷冷清清的，卻十分的平和，平和得好像聽不出來他在暗諷他爹，「他的生活方式還是像人類那樣。」

像他們這種妖怪，弄門板的事情基本上用個術法就搞定了，瑣碎雜事不是屬下去做，就是有非常方便的術法，需要自己親自動手的事情實在是少得可憐。

所以他們很閒，無事可做，生活也就像一潭死水一樣毫無波動。哪怕是晏玄景也不得不承認，這樣的生活的確是十分無聊。

所以很多大妖怪都會選擇一覺睡個幾十年上百年，以消磨時間，但也有不這麼幹的，比如晏歸。

晏歸雖然總是一副懶洋洋的樣子躺在宮殿屋頂上晒太陽，但他從來沒選擇睡覺過。他喜歡滿大荒跑，哪裡有熱鬧就往哪裡跑，四處都能交朋友。

不過從小作為人類長大的林木跟他們都不一樣。

他什麼都習慣自己動手，而不是順手使用術法，所以總是叮叮噹噹的熱鬧非常。

晏玄景說完頓了頓，又補充道：「不過一開始好像也不是這樣。」

一開始的確不是這樣。晏玄景看著在院子裡忙進忙出的林木，想起他們剛見面的時候，整棟房子安靜又空蕩，連林木自己也不太愛講話。大概也是一個人沒什麼好講的。

「我剛遇到他的時候，他正想養一條狗來陪他。」晏玄景回憶著大黑跟他講的事情，說道：「他的同事說他沒有父母，一個人這麼多年挺寂寞的，就想養條狗——他一開始以為我是開了靈智的流浪狗，始終很期待我能夠成精。」

成精了壽命就會很長，就能夠長長久久地陪著他。

晏玄景非常明白這種滋味，漫長的時光裡如果總是孤身一人的話，實在太過難熬了。朋友或者是伴侶或者是家人，總該有那麼幾個可以陪伴彼此的存在。

這也是為什麼妖怪大都不喜歡接近人類。因為人類跟他們擁有近乎同等的智慧和情感，壽命對他們而言卻異常的短暫。

他們並不適合做朋友，也不適合成為伴侶或者家人。

晏玄景斷斷續續說了一些林木的事情，這才發覺他不知不覺竟然也算是挺瞭解林木了。

不過也是，林木這才多大的年紀，經歷得少、年齡也小，短暫的人生給他帶來的就是一眼就能看透的性格。

一個普通的人類。足夠善良，也有自己的小脾氣，有不能原諒的事情，同時也願意去跟認錯的人和解。

這種性格相對於他們這種大荒長大的妖怪而言多少有些軟弱，畢竟很多事情發生在他們身上，幾乎沒有到和解的地步就已經不是你死就是我亡了。

妖怪嘛，攻擊性和鬥爭心是刻在骨子裡的。換做他是林木，被一個妖怪這麼唬弄愚弄，多半會一直記恨，但林木原諒他了。

是不是他們植物成精的妖怪性格都這麼好。九尾狐這樣感慨著，在當天天黑的時候叼著狗窩走進林木的房間，然後被林木連窩帶狐狸扔了出去。

小樹苗站在門口對他笑了笑，露出兩個甜滋滋的小酒窩，然後無情地關上了門。

晏玄景：「……」

怎麼會這樣呢？明明有了兩個帝休，日華和月華都應該是雙倍，快樂也應該是雙倍的。為什麼有了雙倍的帝休之後，他竟然被趕出了房間。

被扔在走廊的九尾狐躺在狗窩裡沉思了一會，然後叼著窩去了院子。

算了，晏玄景把窩放到了林木房間的窗戶底下，看著滿院子氤氳成薄霧的月華，覺得自己能喝口湯也挺好。

第二天林木起床的時候，帝休早已經醒了。

小人參今天做了燒賣，在電鍋裡保溫，人卻沒待在廚房裡。

林木咬著顆燒賣打開大門，就看到爸爸、牛奶糖和四個小妖怪在院子蹦蹦跳跳地跳橡皮筋。準確來講，蹦蹦跳跳的只有林人參和帝休。

林人參在教，而帝休在學，牛奶糖爪子粗細正好合適，用來拉繩剛剛好。大概是被抓來充數了，他的前腳上綁著橡皮筋跟一個凳子椅腳連著，捲著腳趴在地上，打著哈欠昏昏欲睡。

帝休跟著林人參蹦跳，但因為自己身體比例極其不協調的關係，進展並不怎麼順利，看到林人參跳完了一整圈，還會「啪嗒啪嗒」地鼓掌。

發覺林木起床了，小木偶轉頭向他揮了揮手臂，看起來十分活潑開心的樣子。

林木端著燒賣出來看著他們玩，吃完洗完了碗，進院子把一片靈藥田檢查一遍，扭頭看了一眼搓著肥皂用自己的手吹泡泡的另外幾個小妖怪，忍不住笑了笑。

林木洗乾淨手，把摩托車推出來，「我去上班啦！」

小人參童言童語地應了聲好，抱著帝休「噠噠噠」地跑到林木旁。

帝休抬起手來。林木笑著蹲下身，垂下頭。

帝休拍了拍林木的腦袋。如果他能說話的話，大概會講一句「一路順風」或者是「早點回來」之類的話吧。

林木想起之前在帝休果的那段回憶裡聽過的聲音，伸出手指在小木偶肩上輕蹭了兩下，站起身來，「我走啦！」

「好～」

「林木路上小心！」

晏玄景顫了顫耳朵，抬頭看了林木一眼，掃過他手腕上的白色腕繩，確認他有戴好就收回視線，打了個哈欠，繼續昏昏欲睡。

林木總是習慣提早到辦公室，雖然最近辦公室都只有他一個人。

他把空了一個週末的辦公室打掃了一番，開窗通風，想了想，又上資料室去搬了一些關於龍脈的資料下來，想看看有沒有記載什麼能夠找到走脈的方法，如果能夠幫到帝屋就好了。

他抱著一疊資料從二樓下來，一打開樓梯間的門，就看到一個戴著鴨舌帽和墨鏡、穿著一身寬鬆運動裝的人推門走了進來。

林木把資料放下，這段時間下來他對於打扮得奇形怪狀的人和妖怪的接受能力十分良好。

「您好？請問您是來辦……」

那人摘下墨鏡，問道：「你好，請問你看到我的帝屋了嗎？」

林木一愣，「哎？」

「我察覺到他的氣息了，你……」那人說完，目光落在林木身上，然後兩眼一亮，大步走了過來，兩隻手伸出來握住林木的，使勁晃了晃，興奮地說道：「你好你好，小樹苗你好，請問你有沒有跟我回家的打算？或者我跟你回家也可以！當然你幫我找到帝屋，你們跟我一起回家那是再好也不過了！」

林木抽出手來，戒備地看著他。

來人兩眼亮晶晶的，林木莫名覺得如果他有尾巴的話，大概已經搖成像電風扇一樣了。

大概是意識到了自己的唐突，他湊過來，自我介紹道：「我是一條龍脈，你叫我秦川就好。」

第十三章

Public Office of Non-human Affairs

林木看了看桌上的資料，又看了看自稱是龍脈的男人。

他對妖怪世界的瞭解實在是太少了，到現在連妖怪和人類都分不清，更別說分清楚妖怪的種類了。

晏玄景說等時間久了看得多了自然而然就能分清楚，但林木到現在為止也就只能分辨男女老少，以及長得好不好看。

林木拒絕對方靠近，說道：「抱歉，我們辦公室沒有這項服務。」

秦川看著警覺的林木，從旁邊拉了張凳子坐下，也不貼過去了，只是撐著臉隔著張桌子看著他。

眼神熾熱，就像是小狗看到了帶肉的骨頭。

林木倒是一點都不擔心自己在辦公室的安全問題，畢竟再凶惡的妖怪也不會對資料室動手，何況資料室本身就是個相當厲害的大型法陣，在資料室下方的辦公室、甚至於這一整條街道，都是非常安全的。這也是為什麼吳歸他們敢直接把林木獨自一人扔在辦公室。

所以秦川不走，林木也不心慌。大不了住在辦公室就是了，實在不行，就拜託晏玄景來接他，應該問題不大。

林木坐到自己的位置，也不避諱自稱是龍脈的秦川，直接打開面前的資料。

秦川掃了一眼他翻開的資料，說道：「你想瞭解龍脈？問我就好了啊。」

林木抬眼看看他，並沒有搭理。秦川小小地嘆了口氣，雙手撐臉看著林木，並不介意他冷淡的態度。

他在林木身上察覺到了帝屋的氣息。他可是太熟悉帝屋的氣息了，畢竟他們在一起待了好幾千年呢。

這麼多年陪伴彼此的就他們倆，他當年被人類抓住困鎖在一塊固定的地方，對帝屋的遭遇看了個十成十，所以等到那些人類真的把他放走的時候，他拉著帝屋一溜煙直接逃出去躲了起來，後來的遭遇也不大順利，但好歹熬了過來。

因為跟被分離了三魂七魄的帝屋一起相依為命幾千年，後來他成精了，剛準備四處溜達就跟一個同類頭撞了頭，帝屋的一魂一魄和兩大塊本體像磁鐵似的，這一撞就無法再分開。

然後？然後他們又找到了一個同族，帝屋有了足夠的本體變成人形，有了相對穩定的二魂一魄，大寃和功德加身，帝屋自己思考了一會，牌桌一推，拍拍屁股，跑了。

他們三條龍脈對於帝屋的重視程度自然是不用多說的，帝屋跑了他們當然要去找，只不過帝屋比他們精明多了，每一次循著氣息的牽引去找，都撲空了。而且好幾次都找到了被滅門的地方，但帝屋早已經離開了。

他們三條龍脈慌成一團，生怕帝屋這麼一搞把自己搞翻船了，急急忙忙四處找，秦川順著尋到這裡來，運氣極好撞見了一個身上帶著帝屋氣息的小半妖。

這小半妖是他們這段時日以來找到的第一個遇過帝屋還活著的對象。

他身上殘留的帝屋氣息還很鮮活，再仔細一看，這小半妖的血脈竟然同樣是某種植物——具體是什麼植物，秦川認不出來，不過從氣息來看，肯定不是什麼普普通通的傢伙。

普普通通的傢伙也不可能會讓帝屋這麼親近，還大意地留下了些氣息。這點氣息別人可能察覺不到，但共同生活了這麼多年的龍脈卻是一眼就能看出來。

身為龍脈，他對這種植物的精怪天生就有著極大的好感，主要是因為植物的妖怪跟龍脈之間是可以相互反哺相輔相成的，龍脈滋養土地，而植物的妖怪則扎根充滿靈氣的土地，反哺靈土並蘊養本身就象徵著土地的龍脈。不像人類或者那些野獸成精的妖怪，總是在山川河流搞破壞。

別說秦川了，換任何一條龍脈過來，肯定都恨不得把目之所及的植物妖怪都摟進懷裡帶回家去。

秦川兩手捧花似地捧著自己那張帥臉，掃了一眼林木翻頁的資料，說道：「這裡寫錯了。」

林木一頓，把剛翻過去的資料翻了回來。

秦川說道：「現在大大小小的龍脈數量已經到九九極數了。」

林木聞言，看了看剛剛自己隨意略過的資料。

資料上說，如今已知且有姓名的龍脈總共八十八條，以崑崙山的祖龍之脈為首，周圍伴有天山、祁連與長白等山脈所蘊含的龍脈，除此以外，還有另外幾條巨大的龍脈，其中以黃河、秦嶺、五嶽等比較大的龍脈為主。

這些龍脈都是固定不會跑的，除非哪天這些山脈之中所有的樹木都枯死，或者水流全部斷絕，這些地方的龍脈才會徹底消亡。

而除去這些以外，還有數十條小的龍脈，這些龍脈與縱橫神州大地撐起整片大地氣運的那些大龍脈不同，它們細小且極其柔弱。但帝屋說過，這種小龍脈有了些微的靈智之後，就可以肆意走動。

這種龍脈需要上萬年的時間形成，而獲得靈智又需要天時地利人和。

在這漫長的時光中，若有地動改變了山水的走勢，又或者有什麼動物的活動截斷了水流，搬動了重要的山石，一條龍脈就會夭折於此。解釋過這些之後，後面的就是如今記載在冊的那些龍脈和走脈的資料。

神州大地上那些主要的龍脈先不提，林木要找的就是後面那些聲名不顯的走脈，因為帝屋的本體和魂魄是被分別封在了十條走脈之中。

林木又翻了一頁，在第一行就看到了秦川的名字。秦川誕生自秦嶺以北一片肥沃的平原，是有記錄以來的第一條走脈，命途多舛。

他剛生出靈智的時候就被人類抓住了，困在了自己的誕生地走也走不了。那群人類在他頭頂上蓋了洞府，過了許久，又往他身體裡扔了塊木頭，然後把他放跑了。

秦川帶著帝屋跑路的時候相當強大，一甩尾巴就開溜了。結果這一溜，沒了龍脈的秦川黃河氾濫風動雷鳴，他在外面晃了許多年，又被一個治水的人類給抓住了龍尾巴。

秦川委委屈屈地被抓回老家繼續蹲，熬到一堆有能力抓他的人類都死了，好不容易再跑出來，在神州大地上肆意放飛，結果晃過頭，又被抓住了。

這次抓住他的是一個人類的帝王，那位帝王「啪」一下就是一片綿延的宮殿蓋下來，截斷了數條支流，人類開始在它頭上挖坑種地繁衍生息。

好在人類帝王那個時候已經懂得什麼叫持續發展，為了福祿綿延自己的子孫，好歹沒有直接截斷龍脈的主流。

秦川堅強地挺住了一波又一波的帝王，頭頂上不知道埋了多少任帝王的陵墓，成了精之後忍無可忍，帶著帝屋跑了。

神州大地實在是太大了，碰不到幾個能跟他有點交流的存在，幾條主龍脈更是根本就沒有誕生靈智，他無聊得很。

過了幾千年，秦川帶著帝屋撞見了另外兩個同族，他們還經常組隊溜到人類的城鎮去看看熱鬧，比以前孤獨熬日子時過得快活多了。

秦川這一輩子最重視的就是帝屋和他另外兩個同族了，也許以後還會有幾個，但現在這三個，走一個他都受不了。

林木看著記錄裡那個囚困住秦川的家族，做了筆記，準備待會去資料室查查看。帝屋是進不去資料室的，他那一身血煞，一進去恐怕就掛了，所以這件事得由別人來查。

有了秦川的例子，林木又在資料上找到了幾條曾經被人類的世家或者是門派囚困過但又成功逃出生天的走脈。

仔細數數，六個。還差四個。

林木翻閱著資料，回頭得去找帝屋問問，他認識的那三條走脈分別是哪三條。

至於眼前這個不知真假的秦川，林木暫時沒打算相信他。

畢竟他現在底氣可足了，跟當初被帝屋關在車裡強買強賣的情況完全不一樣，如果帝屋是跑來辦公室要他放血，他是絕對不會輕易屈服的。

——不對，帝屋根本就不會來這邊，他要是來這邊會被資料室的精怪追著趕跑。

林木一邊辦公一邊翻完了手上這一本資料，沒有發現關於尋找走脈方法的記載。

這麼說來，這些記載好像都是完全以旁觀的角度記錄一些東西，祕辛倒是有不少，但功法術法一樣都沒有。

林木闔上資料，偏頭看了一眼秦川，對方坐在旁邊壓根沒有要走的意思。

林木說：「我準備下班了。」

秦川嘿嘿一笑，「我跟你一起啊！」

林木眉頭一皺，拒絕了他，並要求對方離開。

「我不走，我還沒找到帝屋呢。」秦川說道，眼巴巴地看著林木，發覺林木一點也不為所動之後，便期期艾艾地跟在他後頭走出了辦公室，問道：「那你明天還會來上班嗎？」

林木看著他，不說話。秦川小小地嗚咽了一聲，像條被主人拋棄的黃金獵犬，唉聲嘆氣地往路邊一坐，「那我在這裡等你，或者你聯繫一下帝屋好不好？」

林木沒理他，轉頭走向了火車站出入口，下地下道的時候抬頭看了一眼，發現秦川還坐在破房子門口，垂頭喪氣地盯著地面，好像連耳朵和尾巴都垂了下來。

林木收回視線，走進車站裡，打了通電話給帝屋。

帝屋叼著株靈藥，伸了個懶腰，「喂？」

「帝屋？」林木站在火車站角落，看著稀少的人流，問他：「你認識的龍脈是哪幾條啊？」

帝屋一愣，「嗯？怎麼了？」

「有個自稱是龍脈的人來了，說要找你。」林木說完頓了頓，又補充道：「他還說你是他的。」

「哦。」帝屋一咂舌，對於林木最後加的那一句沒有任何表態，彷彿習以為常，只是問道：「哪一條啊？」

嗯？哪一條？都這麼說了你竟然還不知道是哪一條？你到底還有幾條？

林木一下子警覺起來，覺得自己好像有了什麼不得了的發現，他沉默了兩秒，說道：「他說他叫秦川。」

「哦。」帝屋那頭應了一聲，要林木拍張照給他看看。

林木走出地下道，探頭拍了張照。

這條自稱是龍脈、在記載裡相當倒楣的秦川彷彿對於周圍的情況毫無所覺，垂頭喪氣地蜷成一團坐在公所門口，活像個離家出走無處可去又不願意服軟回家的叛逆少年。

這麼一聯想，林木才發現秦川的臉看起來還挺年輕——準確來講是年輕過頭了，完全是青少年的模樣，看起來一點也不穩重。

林木把照片傳給帝屋。

帝屋看了一眼，感覺自己透過照片都能看到秦川那股遮都遮不住的傻氣，聲音一沉，說道：「林小木你可別出賣我。」

林木一愣，「什麼啊？」

「不許告訴他我在哪裡。」帝屋說道：「我現在進山裡了，訊號可能不大好，你先把他帶回去，這小子比較傻，別放他單獨在外頭。」

林木應了一聲，想起帝屋之前零零星星跟他說的事情，這些龍脈也是相當無辜，而且真要算起來，他們也是間接救下了帝屋的恩人。

「我會帶他回去的，不過為什麼不告訴他你在哪裡啊？」林木問。

「因為煩。」帝屋翻了個白眼，「這傻小子太煩人了，還喜歡仗著自己年紀小耍賴，他至今還欠我幾百株靈藥呢。」

林木滿臉問號，「龍脈怎麼會欠你這麼多靈藥啊？」

「他手氣爛，打牌老是輸啊。」帝屋沒好氣地答道。

不過帝屋說完沉默了兩秒，想起秦川一直以來都十分不好的運氣，又提醒林木，「他太纏人了，你別讓他知道我在哪裡，不過記得帶他回去。」

「……哦。」林木覺得帝屋這話前後矛盾有夠彆扭。

帝屋知道秦川這條龍脈運氣有多糟糕。這麼多年下來神州大地上龍脈已經有了九十九條，到了極數，只會減少不會增多，由於大荒是中原投影的緣故，這些誕生於神州大地的走脈是可以自由自在穿行於中原與大荒之間的。

要抓住他們這些走脈，天時地利和幾分運氣缺一不可。據帝屋所知，這些龍脈只有秦川這麼倒楣了。但要說他真的有多倒楣，他的運氣其實又極好。

畢竟被人類反覆抓到多次卻沒有死翹翹的走脈，古往今來就秦川這麼一條。別的走脈幾乎都是被抓住之後沒過多久，就因為各式各樣的原因嗝屁了，唯有秦川，被反覆抓到多次還依舊活蹦亂跳不說，甚至還修成了精。

這放在任何一條龍脈身上都是件非常不可思議的事。但偏偏秦川還真的就做到了，倒楣得很也幸運得很，只不過還是倒楣的時候要多一些。

——至少從牌桌上來看，秦川運氣還真的沒好過幾次。

帝屋總覺得以秦川這個小笨蛋的倒楣程度來說，放他一個人在外溜達久了，恐怕很快又不知道要去哪裡找他了。

畢竟是出門晃晃就能被掌握蹤跡抓回老家去鎮住氾濫黃河的倒楣鬼。

帝屋還是不太放心，叮囑林木，「秦川的情況比較邪門，你要看緊他，自己也注意安全，知會一下晏玄景。你自身的安全是第一，跑路記得帶上你爹，知道嗎？」

「……好。」林木掛掉電話，走出了地下道，重新回到辦公室門口。

秦川蹲在門口，正看著地上的螞蟻搬家。林木走近的時候，看到他伸出手擋住了一隻脫隊的螞蟻，小心翼翼地拈起來，放回隊伍裡，嘀嘀咕咕，「走錯了走錯了。」

林木：「……」他低下頭看了一眼，抬腳繞過了螞蟻搬家的路線，蹲在了對方面前。

秦川一愣，抬起頭來。

林木問他：「你打算一直蹲在這裡等我？」

「對啊。」秦川傻愣愣地點了點頭，「反正我也沒別的地方能去。」

林木張了張嘴，「怎麼會沒地方能去呢？」

秦川撐著臉，看著那一隊螞蟻，「我老家那邊已經不適合龍脈生存了，這麼多年山水走勢有變，別的適合久待的地方又都是荒山野嶺，很冷清，我不喜歡，也不能待太久。」

聽起來挺可憐的。不過也是，走脈想要找到適合久居的地方的確不太容易，而且在一個地方待久了，留下蹤跡就容易被人逮住——尤其是想抓他們的不只是人類，還有妖怪。

看看帝屋這一段時日下來也沒找到另外幾條走脈的線索，就知道絕大部分走脈都不會選擇某塊地方定居下來，讓別人發現端倪。

「走吧。」林木站起身來，「帝屋要我帶你回去。」

秦川兩眼一亮，一蹦就跳了起來，「帝屋在你家嗎？」

「沒有。」林木搖了搖頭。

秦川一點都不介意的樣子，他喜滋滋地跟在林木身後，走起路來都張牙舞爪活力四射。

「我還不知道你的名字呢？」

「林木，三個木頭的那個林木。」

「好名字。」秦川搓搓手，嘀嘀咕咕，「一聽就跟我很有緣，特別適合變成我家的！」

林木偏頭看他一眼，「哪裡有緣了？」

「我秦川你林木，我水你木，水生木，可不是有緣嗎！」秦川言之鑿鑿理直氣壯。

「可是龍脈屬土啊。」林木嚴謹地說道，他記得木是剋土的來著。

秦川一哽，垂下腦袋小小地嗚咽了一聲，可憐巴巴的，「這是迷信！不可取！」

林木：「？」

「這不是你先說的？」林木說著，買了張車票給秦川。

「萬物輪迴相生，屬性相剋這個東西其實是人類編出來的。」秦川湊在他旁邊小聲嘀咕。

「那你說什麼水生木。」林木說道。

「我跟人類學的啊！」秦川得意地說道：「左眼跳財右眼迷信，按需挑選！」

林木：「……」你們妖怪怎麼好的不學，盡學些亂七八糟的怪東西。

秦川比林木要矮一些，跟在他後頭，在出了火車站去牽摩托車的時候留在車棚外轉圈圈，像隻追著自己尾巴跑的黃金獵犬。

林木騎著摩托車在他旁邊停下，「你在閒晃什麼？」

「就……」秦川坐上後座，小聲問：「帝屋還跟你說了什麼嗎？」

林木你和晏玄景記得看好這個小笨蛋，尤其是帶他去人多的地方的時候，這龍脈活像隻哈士奇，都不用放手，一眨眼就不見了——原話是這樣的。

林木發動了摩托車，斟酌了一下詞彙，說道：「他要我好好照顧你。」

「是我照顧你才對。」秦川糾正他，「我可是龍脈呢。」

林木無所謂地點了點頭。反正等帝屋回來，大概就會把這條龍脈領走了。

他騎著摩托車回了家，小人參聽到動靜「噠噠噠」地跑來開門，腦袋上頂著個醜醜的小木偶，小木偶抱著他頭上那一串紅彤彤的人參籽。

大概是入秋了的緣故，那串人參籽在夕陽下愈發嬌豔欲滴，全然一副「我成熟了快來摘」的模樣。

而帝休也一點都不客氣，摘了顆人參籽捧著，那顆人參籽已經被他吸收而癟了大半。看到林木回來了，他高興地對自家兒子揮了揮手。

林木俯身把爸爸接過來親了一下，重新放回小人參的腦袋上，推著摩托車進了院子，一邊走一邊說道：「今天有客人來，他大概會在家裡待一段時間。」

小人參從院門後探出個小腦袋，看了看跟在林木後面、還站在院門外頭的秦川。

秦川盯著小小一隻的人參娃娃，以及人參娃娃頭頂上那個擁有跟林木同出一源氣息的小木偶，眼神熾烈。

小人參嚇得打了個哆嗦，瞬間縮了回去。秦川兩眼亮晶晶的，整個人容光煥發。

小人參扯了扯林木的衣角，「林木林木，那是誰啊？又是哪個大妖怪嗎？」

「嗯……」林木猶豫了一下，剛想暫時保密，後頭的秦川就宛如一陣風一樣颳了進來，蹲在了人參娃娃面前，十分熱情，「小人參你好呀，你叫什麼名字？請問你願意跟我回家嗎？或者我跟你回家也行。」

小人參後退了好幾步，抱著林木的大腿，戒備地躲在了林木身後，鼓著臉質問：「你是誰啊！」

「我叫秦川，是條龍脈。」秦川如實答道。

林木嘆了口氣，「你不是無家可回嗎？」

「跟家人在一起的話，哪裡都是家嘛。」秦川倒是挺樂觀，目光在這座小院子掃了一圈，又發現了兩株含羞草和一顆小馬鈴薯。

這裡就是天堂吧！秦川感覺自己被天上掉下來的禮物砸中了，這輩子運氣從沒這麼好過。

——天知道他到底是走了什麼霉運，這麼多年來他誕生的地方就沒出過幾個植物精怪，人間帝王倒是不少。

但人間帝王有屁用。人間帝王把他周圍所有可能成精的植物都在萌芽階段掐死了，因為帝王所在之地不許妖魔橫行。呸！一個個糟老頭壞得很。

別的龍脈都有朋友一起玩，就他一條龍脈沒有，顯得特別不合群。

好不容易找了個帝屋，還因為帝屋被分離三魂七魄，幾千年相伴只能隱隱約約感應到些許對方的想法，秦川想想就覺得十分辛酸。

林木拍了拍小人參的腦袋，告訴他這不是個壞人，然後就推著摩托車停車去了。

秦川蹲在院子，眼巴巴地看著跟他對峙的小人參，想靠近又怕嚇到小朋友，思來想去，他嚴肅著一張臉，問道：「你喜歡龍嗎？」

小人參聞言，猶豫一下，點了點頭。

林木剛停好摩托車，就看到牛奶糖咬了個塑膠袋從樓上走了下來，然後把塑膠袋放到了林木面前。

林木一愣，打開來看了看裡面的東西。是他之前買給牛奶糖的那些小玩具。

在知道牛奶糖是晏玄景之後，他就把這些小玩具封存起來了。不管怎麼說，知道人家是堂堂九尾狐還塞這種玩具逗人家玩，在林木看來多少有那麼點侮辱人的意思。

又不是一開始氣頭上的時候，當時都得到晏玄景嚶嚶叫的畫面了，林木覺得已經值回票價了。

他蹲下身，看著牛奶糖，「拿這個袋子下來做什麼？」

晏玄景端莊地蹲坐在林木面前，聲音冷冷清清，「陪你玩。」說完他頓了頓，又補充道：「之前說好的。」

林木有些好笑，「之前還說好你以後都狐狸叫呢。」

晏玄景沉默了好一會，微微仰頭看著林木，半晌，「嚶」了一聲。

林木：「……」

林木忍不住露出幾分笑意，雙頰的酒窩剛顯出一點點，又被他用力憋住了，努力擺正了臉色，說道：「不用啦，不過你如果想玩的話我可以陪你玩。」

畢竟之前陪晏歸玩那時，雖然把懶洋洋的老狐狸抓來一起玩他挺不樂意的，不過犬科動物到底還是犬科動物，追逐獵物是本能。

林木想想晏歸，他那時候咬飛盤咬得好像還挺開心的。晏玄景想了想，從塑膠袋裡把那個淺綠色的飛盤給叼了出來。

林木接過那個飛盤，隨手往屋外一扔，牛奶糖剛站起身，就聽到院子響起了一聲悠長而清透的龍吟，伴隨著幾個小妖怪「哇塞」的驚嘆聲，緊接著，一顆巨大的龍腦袋就探進了大門，嘴裡還叼著那個淺綠色的飛盤。

銅鈴大的龍眼閃著光，把那個淺綠色的飛盤扔在了地上，然後縮小了身形，守在屋子外，龍尾巴「啪啪」拍打著地面，看著林木的眼神帶著十二萬分的期待。

林木：「……」

晏玄景：「……」

我懷疑這根本不是龍脈，林木想。這可比牛奶糖像狗多了。

晏玄景覺得自己可以退下了，畢竟這位客人怎麼看都比他更像隻小狗。

他偏頭看向呆滯的林木，問道：「那是誰？」

林木回過神來，想起剛剛介紹秦川的時候晏玄景不在，便答道：「秦川……一條龍脈。」

晏玄景覺得這個名字有點耳熟，他略一沉思，而後豁然開朗，「哦，聽說過。」

「哎？」林木一愣，「你從哪裡聽過的？不是說龍脈都沒有成精過的記錄。」

「嗯，成精我也是第一次見到。」晏玄景看著林木撿起那個淺綠色的飛盤扔出去，又看了看尾巴一甩瞬間竄出去咬住飛盤的龍脈，覺得自己真的可以退下了。

這龍脈當寵物的自覺比他強烈多了。

「走脈可以不通過通道，自由穿行大荒和中原，只不過他們很少去大荒。」晏玄景說完，猜測道：「大概是因為大荒強大的妖怪太多了。」

晏玄景稍微觀察了一下秦川的情況，覺得自己完全能夠在他反應過來之前抓住他——如果凶殘一點的話，抓住的瞬間直接扯碎吃掉也不成問題。

再想一想自己的實力在大荒，也就是個上層而已，比不上晏歸那種頂尖。畢竟年紀擺在那，實力這種事情也急不來。

就他這樣的程度要抓住這條龍脈也十分輕鬆，那大荒對於龍脈而言幾乎處處都是險地了。

雖然不像秦川這樣現身，而是隱藏在山川之中的話他們幾乎很難察覺到龍脈的存在，不過大荒也有一些會尋窺龍脈的妖怪。只是走脈通常都不會去大荒，所以這一部分妖怪的存在感始終都不高。

反正在晏玄景的印象裡，幾乎沒有這種妖怪的姓名，因為大荒尋找靈氣濃重的地方根本用不著什麼尋窺龍脈的手段。妖怪對於靈氣天生就有著非常敏銳的感覺，尋找龍脈這種事對於他們來說沒有什麼必要。

不過龍脈可以成精這一點，晏玄景倒是也不意外。

從上古時起流傳下來的說法就是萬物有靈，這個萬物所包括的東西自然不拘泥於任何形式任何類型的存在，有靈自然就可以誕生出智慧來。

只不過那些橫跨整個神州大地的主脈一丁點動靜都沒有，反而是沒有姓名的小走脈率先成了精這一點，確實是超出了預料。

不過想想也是，如果那幾條主脈像走脈一樣成精跑了，那神州大地的根本都要動搖了。

「他這個性格有點……」晏玄景看著一點也不介意被幾個小妖怪爬到腦袋上去的秦川，沉默了兩秒，說道：「出人意料。」

「我也覺得。」林木把那些狗玩具放回袋子，卻沒有收起來，而是乾脆放到了客廳。

「帝屋說要我們小心一點。」林木說道。

晏玄景在這方面倒是極其敏銳的，他幾乎立刻就意識到了帝屋說的這個「小心」是要他們小心什麼。說的必然是走脈會吸引來的那些存在。

當年那些有能力抓住走脈還有能力讓帝屋翻船的人類，既然敢把走脈放走，那必定是有能夠追蹤他們的方法。雖然晏玄景並不認為過了這麼多年，那些作惡的人類還沒絕後，但這種事也說不準。

而且不是當年那些，也還有別的人類呢，畢竟尋窺龍脈這種技巧，並不需要什麼道行，在這一方面，天賦遠比道行要重要得多。

尤其他聽說過秦川這一條走脈運氣相當糟糕的事蹟。

「雖然我也不知道要小心點什麼……」林木看著外圍種的那一圈朝暮，覺得應該沒什麼關係。畢竟朝暮連帝屋都能攔在外頭，比他自己這個半吊子好得多了。

林木把東西都整理好，見小人參在外面玩得正開心，便走進了廚房。

「今天就委屈委屈你了牛奶糖。」林木從冰箱裡拿出菜，「好久沒做飯了，感覺有點生疏。」

而且不生疏的時候，他做飯也沒有小人參好吃。

林木捲起了袖子。

秦川最近一段時間爽得飛起，覺得自己從來沒有這麼快樂過。

白天小人參他們忙著裝修溫室的時候，秦川要嘛就休息，要嘛就跑出去跟青要山的山神打打牌，跟山裡的小妖怪們玩一玩。

他還是頭一次這麼毫無顧忌沒有後顧之憂的放肆。因為每次他跑出來，林木家那隻九尾狐都會跟著他。

九尾狐這種大妖怪對於山野成精爆弱小妖怪的威懾是單方面且絕對的。這麼多天下來，秦川自己不說，那些小妖怪壓根不敢主動問一句秦川的本體是什麼。

在他們看來，能跟九尾狐扯上關係的傢伙，肯定也弱不到哪裡去，只是一起玩捉迷藏和鬼抓人這種小遊戲而已，他們自己也相當的開心。

不過今天秦川不是單獨過來的。溫室終於蓋好了，小人參在林木下班回來之後抓著他的衣襬，小心翼翼地懇求他能不能接收一些剛成精的弱小精怪來過冬。

他們這種並不具備四肢九竅的生靈，要成精簡直每一步都是生死大關。

至少狗啊狐狸啊這種動物成了精之後，只要不是被別的妖怪吃了，絕不會遇到那種天冷被凍死之類的事。

但植物修成的精怪卻會，他們擁有了靈性，開啟了靈智之後，不僅僅會吸引來別的妖怪，還會因為天氣異常而死去。就像是剛出生不具備尖牙和利爪的動物幼獸，還沒有母獸庇佑。

小人參在山裡認識了幾個這樣的小妖怪，它們藏在土石之間，還沒能修練到化形，也不具備逃跑的能力，偶爾有野獸隨便踩他們一腳都會讓他們送命。

不像帝休帝屋這種受到天地喜愛的神木，普通的植物想要成精實在是太難太難了。林木覺得這方面的經驗大概帝休和晏玄景比較豐富。

帝休一直以來都對自己生活的那座山谷中的植物們照顧有加——雖然在山谷成精的小妖怪最後都會被那些大妖怪以防萬一帶走，不過這並不影響帝休對自己同族的天生好感。

晏玄景則是隨他們搞，反正真有什麼事動起手來他一定不會輸。大荒他都只需要繞開一部分大前輩就可以隨意行走了，在中原他絕對不可能翻船！

於是林木帶著一家老小集體進山。

小人參走在前頭帶路，緊張地抓著自己小肚兜的口袋，「前些天有幾個人類進山裡，挖走了一株海棠，也不知道她活不活得下去。」

這個話題有點沉重。幾個真正的妖怪都沒有說話，倒是林木在這一方面比較有發言權。

「被挖走了的話，問題應該不大。」林木說道：「海棠被整株挖走基本上都會移植到別的地方去，有了靈智的植物比普通植物的生存能力還是要強一點的吧。」

而且如果長得很好，可能就被帶去花卉市場了。

有不少園藝花卉愛好者天天泡在市場，運氣好的話說不定比在山裡要安逸很多。當然，倒楣的情況就不說了，林木覺得沒這個必要。

人參娃娃相當順利地找到了自己認識的幾個嬌弱的朋友，都是跟他一樣的小小花草。他向朋友們解釋了一下來意，然後小心翼翼地把他們挪到了林木帶來的花盆裡。

晏玄景跟在隊伍的最後面，腳步微微停頓了一瞬，回頭看向他們的來路。

有風吹過灌木叢，發出窸窸窣窣的聲響。九尾狐藏在大袖下的指尖微微動了動，閃過一道光華，山林便倏然氤氳起一陣霧氣。

走在他前方小小聲說著話、宛如在春遊一樣輕鬆的大大小小妖怪絲毫沒有發覺這陣霧氣，只有坐在林木肩上的帝休回頭看了他一眼。

晏玄景透過層層霧氣，看到在霧氣裡鬼打牆的兩個人類，慢吞吞收回了落在後頭的目光，跟在林木後面回了家。

他們回來得很巧，院門外的水泥路上遠遠地站著一個穿西裝的男人。

林木的腳步一頓。他肩上的帝休咻地一下站了起來。

「林木先生？」那個男人也不走近，只是遠遠地問道。

林木點了點頭。

「老大……帝屋老大交代我送東西過來。」那個男人說著，拿出了兩個小麻布袋，「我無法靠近您的院落，所以只能在這裡等了。」

攔住他的應該是朝暮，林木看著他站的距離，下了這個判斷。

那兩個小麻布袋他也看過。晏玄景也有這樣的麻布袋，上面還繡著青丘國的狐紋。

「帝屋?!」秦川從後頭跑出來，被林木抬手按住了，「帝屋在哪裡？」

那人搖了搖頭，「抱歉，我不知道。」

秦川垂下頭，悶悶地「喔」了一聲。

林木偏頭，看向晏玄景。晏玄景掃了一眼那兩個麻布袋，「是晏……是我父親的乾坤袋。」

林木想了想，抬腳要走向那人。晏玄景攔住他，自己過去了。

帝休從林木肩上跳到了晏玄景肩上，在晏玄景接過了兩個麻布袋時，伸手抱住了其中一個，死死的不放手。晏玄景看了他一眼，回了院子。

秦川和幾個小妖怪去溫室把新來的小伙伴安置好，這邊林木和晏玄景停下腳步，轉頭看向了那兩個麻布袋。

「帝屋怎麼都沒連絡過我。」林木摸出手機，嘀咕，「送來的是什麼？」

帝休左右看了看他們站的地方，然後從晏玄景肩上跳了下來，邁著小短腿踉踉蹌蹌地走到了掛鞦韆的那塊空地，這才拉開了麻布袋。

麻布袋裡滾出來一塊木板，迎風而漲，迅速占據了院子剩餘的角落。

巨大且厚實，光厚度就比晏玄景的人形還要高出許多，幾乎快要到二樓臥室的窗戶了，面積也不小，整座院子被木板占據之後幾乎沒有什麼剩餘空間，連門都擋住了。

這木塊上散發的氣息林木實在很熟悉，他幾乎瞬間就明白了那是什麼。

是帝休，帝休本體的木塊。

「是帝休的本體。」晏玄景確認了他的想法，他仰頭看了一眼坐在那塊巨大木塊上對下方的他們探頭的小木偶，又掃了一眼木塊上沾著的一些紅色汙漬。

是血，還很新鮮。看來帝屋最近這幾天一點也沒閒著。

「這些本體前輩準備怎麼用？」晏玄景問。

帝休比劃了一下。林木和晏玄景仰著頭，始終沒看懂。

帝休把自己的本體重新收起來，晏玄景掂了掂手裡的另外一個麻布袋，說道：

「這應該是您曾經待過的泥土？」

帝休點了點頭。那帝屋是什麼意思已經表達得很清楚了，晏玄景想。

他想讓帝休直接把自己種回去，修生養息，不要跟他一樣利用這些本體強行變成人形到處牽扯因果。

畢竟他們兩個的情況還是不太一樣，就不知道帝休自己是什麼想法了。

實際上，帝休並沒有拒絕帝屋好意的打算。他上樓之後直奔二樓，把自己的寶貝果實捧了出來。然後拉著兩個麻布袋，在院子裡轉了好幾圈，最後還是選定了那架鞦韆旁邊的空地。

帝休打開了那兩個麻布袋。泥土和木塊從麻布袋裡滾落出來，卻沒有像剛剛那樣迅速占據整個院落，而是化作了極為清淺的綠色光亮，將小木偶包裹了起來。

被光亮包裹的小木偶環抱著果實，被一層一層的木頭包裹住身軀，腳下生出了根系伸入土層，身軀充盈著力量，以肉眼可見的速度拔高，生出了五根枝杈。

一層一層的樹衣將他藏進樹幹深處，漸漸看不見木偶的形狀了。

「果實呢？」林木偏頭問道。

晏玄景指了指他的心臟位置，「被前輩種做木心了。」

林木茫然，「什麼是木心？」

晏玄景想了想，答道：「一般來講，就是植物成精的妖怪唯一的弱點，就好比眾所皆知，九尾狐的弱點其實就是尾巴，砍掉一條尾巴，實力就會銳減——類似於這種概念的存在。」

林木對於這種東西並不是很清楚，他看著帝休的枝條舒展開來，有翠綠的顏色在枝杈間冒出頭，整棵樹一點點地變得繁茂。

蒼青色的樹木不及夢中看到的那樣遮天蔽日的龐大，但依舊繁盛，蒼翠欲滴。夕陽下逐漸消逝的日華驟然盛大起來，歡欣而快活地湧向了那一棵重新生長起來的帝休。

濛濛的金色光暈之中，有一道人形從樹木的枝杈間落下來。他穿著一身墨綠色繡著金色樹葉的長袍，長髮隨風垂落而下。

他睜開眼，看向了院落之中怔愣的林木。

林木沐浴著繁盛的日華，呆怔良久，深吸一口氣，「爸爸，你長得真好看。」比晏玄景還好看。

站在他身邊的九尾狐打了個小小的噴嚏。

第十四章

Public Office of
Non-human
Affairs

帝休有些怔愣。他看著被日華籠罩的林木，目光一點點地變得明亮而溫柔。

這孩子，跟他媽媽真像，帝休想。這發言跟當初他們第一次見面的時候，林雪霽看著他的臉說出來的話一模一樣。

帝休抬起手，把林木虛抱入懷，輕輕蹭了蹭他的珍寶。

晏玄景看了看這父子倆，轉頭看了一眼發覺外頭氣氛不對紛紛躲在溫室不出來，還死死拉著兩眼發亮瘋狂搖著尾巴的龍脈不讓他出去的幾個小妖怪，同樣不打擾第一次正式會面的父子，轉頭進了屋。

如今的帝休只是一道相對清楚的虛影，與人形還有著挺長的一段距離，不過這已經足夠了。

林木恍恍惚惚的，過了許久，直到日華漸漸散去，夜幕垂落下來，才回過神來。他抬眼看著帝休的虛影，終於有了自己爸爸回來了的實感。

雖然之前的小木偶也很可愛——但林木很難發自內心認同那是個真正的人，更別說還是他父親。

這要怎麼認同呢？雖然這話說起來顯得有點傲慢，但在林木心裡，哪怕是小狗說話了，在不變成人形的前提下，他也沒辦法把小狗真正當做一個平等的生物來看待。

林木往後退了兩步，上上下下仔仔細細繞著帝休轉了兩個圈。

他兩手背在身後，有些緊張地握緊了藏起來的雙手，跟一開始捧著小木偶時的親暱截然不同的緊張。

帝休有些苦惱，他有察覺到孩子在面對他的時候那種異常的態度，換位思考一下，他大概也明白是他沒有人形的原因。

畢竟誰也沒辦法對著一個醜得要命的小木偶動真情，這能理解。帝休每每想到這裡，就忍不住對帝屋心生幾絲抱怨。

所以他才不想那副樣子的時候就來見林木啊，醜是一方面，完全不成人形也讓人很難相處——畢竟他的孩子之前二十多年，全都是作為人類活下來的。

而他的妻子保密得很好。如果不是因為林木工作誤打誤撞被分配到了青要公所辦事處，大概就連帝屋都沒辦法一眼看出來林木的血脈。

拚了命也就火眼金睛看得出來是個半妖。恐怕是公務員面試的時候，面試官裡有妖怪吧，帝休想道。

他當年也想過在人類社會入個戶口，跟林雪霽登記結婚，然後自己去考個公務員什麼的。當年妖怪在這方面的戶籍制度已經落實得不錯了，而且帝休覺得以他的天賦來講，人緣必然是不會太差。結果還沒來得及去登記戶口，就慘遭暗算。

帝休看著緊張的林木，有些不知道應該擺出什麼樣的神情來才好。只是他即便是面無表情的樣子，也透著一股令人安心的寧和。

林木跟他長得有七分相似，連笑起來的時候，嘴角那兩個淺淺的酒窩也是一模一樣。

林木從不覺得自己難看，只是自己的臉看了這麼多年，他早就膩了，也沒覺得多好看就是了。但爸爸就是好看，比他好看，也比晏玄景好看。

不戴濾鏡的話，大概是1．2個晏玄景那麼好看。戴上濾鏡的話，大約有兩個晏玄景那麼好看。

林木緊張地抿著唇，對上帝休注視著他的目光，忍不住瞇起眼，嘴角翹了翹。

帝休看著林木嘴角的兩個小酒窩，心情驟然沉穩下來。他禁不住彎起了眉眼，院落的草木歡欣鼓舞地躍動起來，努力展露出自己最為美麗的姿態。

帝休站在花與翠綠鋪就的絨毯上，輕聲說道：「我回來啦。」

他的聲音溫柔得就像是春日融冰時第一滴水落下來的聲音。

林木微怔，背在背後的手猛地握緊，淺淺的指甲幾乎要將自己刮傷。他抿了抿唇，感覺有什麼東西在他胸腔深處的瘡疤上輕輕刮了一下，難忍的疼痛和新生的暢快噴湧而出，奔騰著蔓延過四肢百骸，一股腦地湧上頭頂。

「你回來啦。」林木吸了吸鼻子，瞪大眼努力把翻湧上來的酸澀溼潤壓下去，最終卻發現毫無作用。

於是他乾脆低下頭來，嘟噥著抱怨，「你回來得好晚啊爸爸。」

帝休微微俯身，對上林木低垂下來的頭，輕聲說道：「對不起。」

「……」

林木看著他，抿著唇，再一次說道：「好晚啊。」

「對不起，是我的錯。」

「算了。」林木收回視線，又垂下眼來，「我原諒你。」

帝休抬起手來，遲疑地落在了林木頭頂上。他們暫時不能觸碰到彼此，但林木察覺到帝休的動作，還是回應般地輕輕蹭了蹭他手掌的虛影。

帝休溫柔地看著林木，過了許久，等到林木的呼吸平穩下來了，才輕聲問道：「要不要聽睡前故事？」

林木抬起頭來：「什麼睡前故事？」

「你媽媽喜歡聽。」帝休說道：「她說我的聲音很好聽，所以總是喜歡讓我為她念睡前故事。」

月上中天。晏玄景發覺林木還沒回房睡覺，於是微微皺著眉從屋裡走了出來。

院落裡醒著的，只剩下了帝休那一道虛影。

跟之前連吸收兩團月華都可能會虛不受補的小木偶狀態截然不同，如今的帝休對於這些天地的饋贈照單全收，枝條與葉片以肉眼可見的程度在一點點變得粗壯繁茂。

帝休坐在自己本體的庇蔭下，察覺到晏玄景出來的動靜，微微偏過頭來，對他豎起一根手指，做了個噤聲的手勢。

晏玄景的目光轉向他先前注視著的地方，林木已經睡著了，但並不是太安穩，死死地抱著秦川；秦川把腦袋藏在他懷裡，要不是被林木揪著龍尾巴他大概能直接蜷成顆球；旁邊的小人參緊緊地抱著林木的手臂，手裡還抓著秦川的龍鬚。

兩株含羞草和小馬鈴薯變成原形躲在小人參和林木中間，一點動靜都沒有。

晏玄景走過去，看著林木眉頭緊皺睡著了的模樣，頓了頓，詢問地看向了帝休。

「講了幾個睡前故事。」帝休小聲說道。

晏玄景看了看那幾個睡著的小鬼，聲音極低，「什麼故事？」

帝休無辜地說道：「普普通通的鬼故事。」

晏玄景沉默了兩秒，看看林木他們的臉色，有點不明白鬼故事有什麼好怕的。

「你也要聽嗎？」帝休溫和地問道。

晏玄景轉頭看了一眼西邊。

帝休也跟著他往那邊看了一眼，「那兩個人類不用急著處理。」

晏玄景倒也不意外帝休會知道這件事。他本來是想趁著林木睡著或者不在的時候，去把今天偷偷跟來的那兩個人類處理掉。

秦川這條走脈運氣極差的傳言果然可靠，這才剛留下沒多久，就有人類聞風而來了。而且晏玄景百分之一百肯定，純粹是秦川自己運氣差才撞上了這麼個意外。

青要山山神對於山裡發生的事情了若指掌，最近這段時間山裡的妖怪跟外界沒有任何往來，這些小妖怪更是跟人類世界沒有瓜葛，別說什麼手機之類的科技了，他們簡直對人類的任何東西避之而不及。

秦川運氣差，第二次跑進山裡玩的時候就撞上了發現青要山最近妖氣大盛過來探一探情況的人類。

晏玄景解決掉第一批過來的人類時，聽到山神這麼告訴他，只覺得怪不得這龍脈身為華夏文明的發源地這一點沒那麼出名，反而是因為運氣差而被許多人知道了。

這已經是這幾週以來第四批人類了。晏玄景早在秦川來的時候就重新整理了一下林木這座小院子的遮蔽術法，找來的人類再怎麼查也就只能看到一座普普通通的農家小院。

秦川每次出去玩的時候，晏玄景都跟著他去。畢竟要引開那些人類的注意力，不就得讓他們有個目的地嗎？秦川這傻到不行的小笨蛋當誘餌簡直不能更合適了。

反正晏玄景總是跟在他背後掃尾，倒是也不會出事。不過晏玄景跟帝休觀點不一樣，他還是覺得做事要趁早，不僅要趁早還要斬草除根不留痕跡。

當然了，這些人類短時間內是沒辦法斬草除根的。晏玄景搖了搖頭，剛準備起身，就聽帝休無奈地輕聲說道：「再等一等吧。」

「嗯？」晏玄景偏頭看他。

「這幾個人類能夠找得到秦川，他們肯定有能夠尋找走脈的方法，帝屋……」

「帝屋！」夢中的秦川聽到了關鍵字，像彈簧一樣跳了起來。

幾個剛睡著不久的小妖怪被他這一聲齊齊嚇醒，茫然不知所措地睜開眼，呆愣愣地看著晏玄景和帝休。

秦川從林木和小人參手裡掙脫出來，整條龍掛在帝休身上，滿臉幸福地挨挨蹭蹭，嘴上卻咿咿嗚嗚，「嗚嗚嗚帝屋呢！我的帝屋呢！」

「沒有帝屋。」帝休習以為常地輕撫著掛在他身上的龍脈。

他對此倒是真的挺習慣的。畢竟當年那些照拂他的大妖怪，也有幾個身負把自己掛在他枝條上或者是蹲在枝杈間的癖好。

「我聽到你們說帝屋了！」秦川嘴上對帝屋忠心耿耿，身體卻十分誠實地被帝休撫摸鬆軟了，整條龍癱成了一灘水，龍尾閒適地甩著，連逆鱗都爽得舒張開來。

「說到帝屋。」帝休好脾氣地解釋，「不過是想從今天來的人類身上幫帝屋找到尋找走脈的方法。」

秦川一頓，他知道帝屋跑出來其實是為了什麼，沮喪地垂下尾巴，唉聲嘆氣。

林木看了看秦川，又看向晏玄景，「人類？什麼人類？」

晏玄景點點頭，「跟著秦川來的，今天下午被我困在山裡了，這是第四批。」

林木聞言一愣，張了張嘴，訥訥道：「你一直在……保護我們啊？」

晏玄景覺得這實在稱不上保護，舉手之勞罷了。

林木垂下眼，「你怎麼什麼都不說啊。」

晏玄景張嘴就要講話。

「如果你要說因為我很弱的話就別說了。」林木截斷了他的話。

「……」於是晏玄景乖乖地閉上嘴。

林木看著閉嘴的狐狸精，瞪圓了眼。

你還真的這麼想嗎?!雖然是事實，但你能不能稍微地，拐那麼一點點彎！

晏玄景對上林木的視線，沉默良久，突然福至心靈，感覺自己開闢了一條新思路。

他正了正臉色，十分嚴肅地對林木說道：「你還小。」

「哦。」林木覺得大概這輩子都不能指望晏玄景能明白什麼叫委婉的安慰，以及弱者也有知情權這麼個道理了，他面無表情地想道。

林木第二天去上班的時候整個人都恍恍惚惚，臉色十分難看。大概是因為他昨晚伴隨著他爸爸愛的睡前故事睡著，結果做了一整晚的惡夢。

畢竟帝休的鬼故事不是一般的鬼故事。帝休的性格再怎麼平和，也是個大妖怪，還是針對精神層面的大妖怪——簡單來說，就是聽帝休講故事，會真的看到故事裡的人事物。

林木宛如身歷其境一般經歷了一整晚全方位感官的鬼故事，秦川的龍鬚都差點被他扯斷。秦川自己也沒出息，大概本身沒見過這種場面，被嚇得渾身龍鱗都豎起來，埋頭往他們懷裡鑽。人參娃娃和另外三個小妖怪直接衝進了溫室，聽不見也就看不見了。

唯有想著要陪陪爸爸的林木，和試圖把兩棵帝休都帶回家的龍脈堅強地留了下來。哦，還有一直表現得十分平靜無波的晏玄景。所以最後他們都抱到顯得無所畏懼一身正氣的晏玄景身上去了。

根據帝休所說，林雪霽以前最喜歡的就是鬼故事，所以他只會講鬼故事。林木恍恍惚惚地到了辦公室，決定之後買幾套平和溫馨的童話故事或者兒童文學去給他爸爸念一念。說什麼都別再講鬼故事了。

搞得他現在大白天看到一個昏暗的角落，都覺得下一秒就會跑出點什麼東西來。

林木深吸口氣，打開辦公室的門。

一道黑影從辦公室裡竄了出來。

林木嚇得一顫，腦子閃過昨晚一連串的驚悚畫面，條件反射抬起腳就要踹過去。衝過來的黑影見狀不對，剎住了車。

林木定睛一看，鬆了口氣，整個人的憔悴和疲憊更上一層樓，「是大黑啊……你怎麼回來了？」

「老烏龜讓我回來的，我待在那邊也沒什麼用。」大黑看著林木的臉色和他這副恍恍惚惚的樣子，「你怎麼回事啊？這麼虛弱的樣子。」

「睡前看了幾部鬼片，做了一整晚的夢。」林木坐到自己的位置上，把頭上的帽子摘掉，整個人癱在椅子上，奄奄一息。

太陽照進來，落在他頭頂的小樹苗上，連樹苗都垂頭喪氣的。

「你們的事很不順利啊？」

「其實還行。」大黑看著林木這副受驚過度的樣子，跳上自己的座位，拉開抽屜翻找著，一邊翻一邊說道：「最近帝屋又作怪了，他們一直沒能攔截，每次找到的線索都是陷阱，抓不到什麼規律。不過看帝屋壓根沒有傷害他們的意思，就解散了，只留下老烏龜跟另外一個人類繼續追蹤。」

林木一愣，「什麼啊？帝屋犯的都是大事吧，你們就這麼算了？」

「不是的，對我們來說，他只要不是喪心病狂想對所有沾了因果的人動手就行了啊。至於私仇，我們不管的。」大黑找了半天，終於拿出個小盒子來，「吃這個，消夢魘和壓驚用的。」

林木接過那個小盒子，問道：「那有人死了，也沒人管嗎？」

「有人管啊，這不是留下了老烏龜和一個人類嗎？」大黑答道：「我們這種存在是不在人類法律管轄範圍內的，人類那邊特殊的存在，也有另外的規則，跟普通人不一樣。」

那可真不錯。林木覺得自己有點雙重標準，不過無所謂。

打從知道帝屋是單純的報仇，而且身負功德壓根不用擔心魂飛魄散之後，他就懶得再跟帝屋說這不該那不該的了。帝屋愛怎樣就怎樣，不把自己賠上就什麼都好說，都是小問題。

有仇報仇有怨報怨，這是再簡單不過的道理。只要沒有其他類似執法者這種存在的干涉，那就更好了。雖然就算有干涉，帝屋也不是很在乎的樣子。

林木打開了手中的盒子。盒子裡隨意放著幾個豆莢，豆莢裡是幾顆棕色的果實，散發著淺淡的香氣。

「這是什麼？」林木問道。

「植楮草的果實，平時被驚到或者夢魘就吃吃這個，畢竟我們這裡什麼都管嘛，偶爾也會幫忙治療一下疑難雜症。」大黑在那邊穿衣服，一邊穿一邊問：「話又說回來，我們辦公室是不是來過什麼不得了的角色？」

林木一頓，「嗯？」

「總覺得有股……嗯……不知道怎麼形容，聞了就覺得超級厲害的氣味。」大黑思考了一下，始終想不出合適的形容，「大概就是這種感覺吧。」

林木仰頭嗅了嗅，半天也沒能嗅出什麼名堂。

大黑看看他，「你又不是狗。」

林木低頭拿了顆果實吃掉，只覺得心尖纏繞的那股涼意和疲憊一點點地散去，往昏暗的角落看，也不再窺見想像中嚇人的虛影了。

林木鬆了口氣，回答了大黑的話，「也沒有什麼特別厲害的角色吧。」

說完他闔上盒蓋的動作微微一頓。

要說厲害的角色好像也不是沒有啊……秦川可能算一個。

不過他的言行舉止實在是太像小狗了，以至於相處的時候根本想不起他本身是個多強大的存在。龍脈這種存在的確很強大，不過這大概得向大黑保密。

「你身上也有一股很好聞的氣味。」大黑嘀咕。

林木抬頭看他，意識到大黑說的那股好聞的氣味很可能是來自帝休。

——跟他這個半吊子不同，身為純粹的、完全的帝休，爸爸的氣息跟他是截然不同的。溫柔而又不可忽視的強烈。

林木決定趕緊跳過這個話題，他說道：「剛好你回來了，我明天要請假。」

「嗯？」

「我媽忌日。」林木說完頓了頓，「我跟她說的話，她是不是也不會知道？」

「一般來說，只要沒有在地獄受罰就都已經轉世了。」大黑托腮想了想，「我聽鬼差說，在忌日傳遞思念的話，哪怕轉世了對方也是可以收到的，不過一般都是透過做夢或者別的什麼方式，忘得很快。」

「那太好了。」林木把手裡的盒子放到桌上，嘴角微微彎出笑容，「有些事情我必須告訴她。」

比如爸爸回來了。

又比如舅舅們並不是他一直以來以為的那樣。

還比如他現在也不是一個人了，家裡每天都很熱鬧。

「那一般如果送禮給人類的話，送什麼比較合適？」林木想起兩個舅舅，問道。

「啊？」大黑一愣，「什麼人類啊，活的死的？」

「長輩，活的。」林木答道。

林木對於送禮給長輩這事其實並不算很陌生。他一直以來逢年過節都有送禮給對他多有照拂的譚老師。

只不過如今他並不算是普通人了，也就想送點不普通的東西，畢竟妖怪有很多東西對於人類而言都挺有用的。

「送株年份高的人參吧，或者送他一盆花，花盆裡塞幾朵朝暮進去。」大黑覺得這個還真的可行，他搓了搓手，「反正人類看不到朝暮嘛，正好防妖魔鬼怪。」

林木覺得有理，橫豎他作為人類也沒有什麼特別拿得出手的特長了。

林木下班去了一趟書店，買了一套童話書、一套兒童文學還有一堆名著，提著一袋子知識回家。

帝休很喜歡看書，因為當年他打發時間的時候，幾乎都是看那些大妖怪從各處為他搜刮來的書冊雜記。

不過等到林木回來的時候，發現爸爸正坐在樹杈上，拿樹枝架著平板電腦在看電影。

林木憑藉他遠超過普通人的聽力站在院子外聽了一陣，發現爸爸在看某著名貞姓女子的鬼片。怪不得今天院子裡壓根找不到那四個小妖怪的動靜。

畢竟是帝休在看鬼片。他們哪怕不看，只是聽到了，在帝休的影響下也會身歷其境。

林木掃了一眼院中不知道什麼時候多出來的一口陰氣森森的水井，渾身一顫，「爸爸！」

帝休控制著本體的小樹枝戳了一下平板，按下暫停，撥開繁茂的枝條，向下班回來的兒子招了招手。那口水井也倏然消失。

林木鬆了口氣，「我買了好多書回來，你別看鬼片了。」

帝休微怔，露出些許遺憾的神情。兒子怕鬼，這是帝休萬萬沒想到的，畢竟兒子他媽明明是個鬼片愛好者。

樹木舒展著枝條，關掉了電影的頁面，把平板放到了旁邊的鞦韆上。

帝休跟在自家寶貝兒子後頭，輕聲問道：「工作順利嗎？」

「滿好的，今天剛發了薪水和獎金。」林木應道，看到幾個躲在屋裡跟龍脈一起捏玩偶扔飛盤玩的小妖怪，忍不住笑了笑，「你把他們嚇得好厲害。」

帝休眨了眨眼，「我也沒想到妖怪怕鬼。」

林木說道：「因為現在地府的效率很高，中原基本上很少能看到鬼啦。留下來的都是厲鬼，我聽說厲鬼不會到處跑。」

「林木！」小人參扔開手裡的小鴨子，「啪嗒啪嗒」地跑過來，小心翼翼地探頭看了一眼院子，發現沒有一點異常之後，鬆了口氣，軟綿綿地撒著嬌，「你回來啦。」

林木揉了他的腦袋一把，「嗯，我回來了。」

「我今天做了榴槤大福芒果大福還有大福冰淇淋！」小人參得意洋洋地挺了挺胸，然後鼓起臉來，轉頭看了一眼趴在一邊的牛奶糖，告狀，「不過牛奶糖把冰淇淋偷吃掉了。」

「？」晏玄景顫了顫耳朵。

胡說八道，晏玄景皺著眉頭。他分明就是光明正大地吃，光明正大的事情，哪能叫偷呢？

「牛奶糖還要我不要告訴你。」小人參繼續告狀，「但是你下班回來了他買的冰淇淋還沒送到！」

林木疑惑地看向晏玄景，「你喜歡吃這個？」

牛奶糖端莊地趴在那裡，微微頷首。

「那就多買點好了，我沒關係的。」林木拍了拍小人參的腦袋，看著小傢伙跑進廚房去，又偏頭看向了帝休，「明天我會去看媽媽，爸爸可以一起去嗎？」

帝休微怔，低頭看看自己半透明的雙手，點了點頭。他回到院落，折了一根細嫩的枝條交給了林木。他不能脫離本體太遠，但林木帶上枝條的話，他也勉強能跟去。

林木吃過晚飯，跟著帝休一起在外頭晒月亮。

他原本以為有了新書之後，今晚的睡前故事會溫和一些，但萬萬沒想到，帝休能在一堆寓言故事、兒童文學和世界名著裡精準挑到《歌劇魅影》。

林木呆然地看著浮現在眼前的宏偉壯麗歌劇院，把懷裡的龍脈往旁邊小人參手上一塞，趁著稍顯驚悚的情節還沒開始，拍拍屁股脫離了戰場。

晏玄景站在屋頂上，遙遙地注視著虛空，彷彿在出神。

察覺林木爬上屋頂，他微微偏過頭，「不聽睡前故事嗎？」

「睡前鬼故事不利身體健康。」林木拿著兩把小矮凳上了天臺，分了晏玄景一把，「而且，也不能放你一個每天不睡蹲守吧。」

晏玄景糾正他，「妖怪並不需要跟人類一樣作息。」

「那不休息也會累呀。」林木看著坐在小矮凳上依舊挺直背脊的晏玄景，收回視線，伸手去撥弄眼前落下來的月華。

他看著樓下的樹，恍惚了一會，問道：「大荒是什麼樣子？」

晏玄景略一思索，答道：「風景比中原要美一些，但四處都是血腥氣。」

「聽起來不太適合我。」林木嘀咕。

晏玄景搖了搖頭，「帝休的山谷不一樣。」

帝休生活的山谷就像是世外桃源一樣。平和，安逸，沒有殺戮與仇敵。

在父親他們接觸那座山谷之前，因為帝休這棵神木的特性，就幾乎沒有任何妖怪對帝休起什麼歹念，靠近的妖怪幾乎都會被帝休的力量安撫下來。

而很多大妖怪，也不會因為貪圖帝休的力量而對天地所孕育寵愛的神木下手。單獨幾個妖怪根本承受不住殺死神木的因果。

在帝屋出事之前，絕大部分的神木與花草都是非常安全的。至於之後，發生了什麼事情全世界都知道了。

但帝休的山谷因為沒被波及，一直都被保護得很好。在晏玄景五百來年的記憶中，大荒幾乎沒有比帝休的山谷更為特殊的地方了，在大荒也沒有其他跟帝休一樣天真到有點傻乎乎的妖怪。

——不對，也不能說傻。帝休該利用的還是會利用，更何況還有個更傻的林木墊底。

「你大概會喜歡那座山谷。」晏玄景頓了頓，「如果你願意去大荒的話。」

林木有點想像不出大荒是個怎麼樣的地方，不過他覺得自己大概無法跟爸爸一樣，一個地方待幾千年也不嫌膩。

「待在同一座山谷也太膩了，還不如在中原，至少相對安全一些。」

「也可以出去。」他偏頭看向林木，「我跟父親他們不一樣，我還沒有繼任國主，沒有背負那麼多責任和事務，我可以陪你出去，保護你。雖然我實力並沒有到達頂層，但要帶你走遍大荒的話，問題不大。」

晏玄景的臉上沒有什麼表情，聲音也冷冷清清的聽不出什麼波動，彷彿只是想到什麼就這麼說了，透著一股莫名的理所當然。

「你想去哪裡都可以，我陪你。」

林木怔愣地看了他好一會，慢吞吞地收回視線，抬手摸了摸自己的胸口。那裡頭有什麼東西在劇烈跳動著，透著一股莫名酸脹的滋味。

林木抿了抿唇，抬手捂住臉，「晏玄景，我問你一件事可以嗎？」

晏玄景一怔，「可以。」

林木擋著自己的臉，悶聲道：「你作為一個少國主……婚配定下了嗎？」

「沒有。」晏玄景答道，有些疑惑林木為什麼要問這個。

他偏過頭看向林木，發覺被月華所寵愛的青年坐在小矮凳上，此時已經抱成了顆球。他垂著頭將臉埋在了雙臂間，耳尖反常地透著一層淺淺的薄紅，有光團從他髮間滾落，光暈穿透了薄紅，像一塊剔透的血玉。

晏玄景目光一飄，瞥見林木領口後的白皙脖頸。脖頸上落了幾團細小的月華，挨挨蹭蹭地滾動著，顯得那一小塊皮膚像是在發光。

狐狸精恍惚地回想起林木第一次引來月華那夜，他為他療傷時窺見的裸露背部。也是如這片皮膚一般，白得透亮，像是能泛出點點螢光。

晏玄景愣了好一會，緩緩收回視線，掃過林木微紅的耳尖，壓下不知從何而來的燥熱，沉吟兩秒，「你生病了？」

「……你趕快閉嘴吧。」林木捂著臉，聲音透著點無奈。

「……」哦。狐狸精乖乖閉上了嘴。

林木覺得自己最好是別把這份悸動太往心裡去，不然早晚是要被晏玄景氣死的。畢竟正經八百表白這種事，林木光是想想就覺得頭皮發麻。

他對於自己會喜歡同性倒是沒有很驚訝，外貌協會嘛，男女無所謂，好看就行了——

當然了，硬要說的話，其實他本身就覺得自己喜歡男孩子的可能性比喜歡女孩子高。

不是有句話說得好嗎？缺啥想啥。從小到大身邊沒有父兄之類的存在，林木以前讀一些心理學之類的書籍時，就覺得自己的性向八成不會多普通。

所以發覺能讓他感到悸動的人性別為男的時候，林木是真的不覺得多意外，對於這個可能性他早就有心理準備了。

只不過對於晏玄景是個腦袋一條神經通到底，堪比草履蟲的狐狸精這一點，他一點心理準備都沒有。但要說晏玄景腦袋宛如草履蟲吧，他那張嘴又能說出那麼撩人心弦的話。

什麼「你想去哪裡都可以，我陪你」這種話……

林木的腦子嗡嗡響，這狐狸精到是底怎麼回事啊。林木深吸口氣，揉了揉自己溫度漸漸褪下去的臉，站起身來。

晏玄景眼睛一眨也不眨地盯著他，看著林木動作間滑落下來的碎髮遮住了血玉一般紅得剔透的耳尖，後頸那一點顏色也被領口收了回去。

狐狸精頓了頓，輕輕一咂舌，心中顯露出一丁點遺憾來。

林木沒發覺晏玄景的這點反應，他的情緒一向來去如風收斂得很快，只是此時繼續待在晏玄景旁邊讓他多少有點心神不寧。

他偏頭對上晏玄景的視線，說道：「我去挖幾朵朝暮。」

晏玄景微怔，「做什麼？」

「準備送人。」林木答道，轉頭往樓下走。他這一走，就發現晏玄景也跟上來了。

「你跟著我做什麼？」林木疑惑道。

晏玄景十分理所當然，「你好像生病了。」

「……」所以你在照顧病人是嗎？你很行，狐狸精。

林木簡直想跳起來揍爆晏玄景的腦袋，「我沒生病，你繼續站崗吧。」

晏玄景隱約察覺到了林木有些異常的情緒，他看著林木殺氣騰騰下樓的背影，想了想，還是跟了上去。

林木好像有點生氣，但生氣的原因，晏玄景怎麼都參不透，不過看起來好像是被他惹怒的。

狐狸精跟在林木身後，看著他拿了把小鐵鍬，又拉了臺小拖車拖了幾個空花盆出了屋子。

帝休為龍脈和幾個小妖怪念睡前故事念得正起勁，連本體都無風自動，枝葉碰撞著發出「嘩啦啦」的聲響，大半夜挺嚇人的。

晏玄景看著走在前頭的林木，掃了一眼因為帝休的力量而顯現出來的諸多機關和潮溼逼仄的暗室，一抬手，在林木踏入帝休編織的幻境之前，截斷了林木跟帝休力量之間的接觸。

帝休念故事的聲音停頓了一瞬，抬頭看了過來。他看到九尾狐向他微微頷首致意，然後跟在林木拉著的小拖車後面，不疾不徐地邁著步伐。

林木手裡都是東西，還拖著小拖車，哪怕力氣大也有點邁不開腳步。

晏玄景也沒注意到這一點，只是覺得林木走得有點慢，走兩步他才要跟著「叮鈴噹啷」亂響的小拖車邁一步。

帝休看了看晏玄景，又看了看自家兒子，對他們現在這副模樣感到十分費解。

林木毫無所覺，把小拖車留在院門口卡著門，從上頭抱了個空花盆出去，埋頭挖朝暮。

晏玄景繞過小拖車，看著他一鏟子下去，剛要說什麼，就看到被鏟子觸碰到的朝暮迅速枯萎了。

「朝暮要用手挖才行。」晏玄景說道。

用工具鬆土倒是可以，但挖出來基本上得靠雙手，就跟靈藥是一樣的道理。

狐狸精將自己的袖子捲起來綁好，蹲到林木身邊，「要挖幾株？」

林木拿鐵鍬撬鬆了土，想了想，「六株吧，湊個六六大順。」

晏玄景點了點頭，纖長白皙的漂亮手指驟然變得尖利如刃，跟戳破一張紙一樣輕易地將一整塊土包裹著兩朵朝暮挖了出來。

他將朝暮連花帶土放到了旁邊的空盆裡，問道：「要送誰的？」

林木遲疑了一下，還是說道：「我……有兩個舅舅。」

晏玄景手上一頓。舅舅，那就是林木母親那邊的人類親戚了。

「沒聽你說過。」晏玄景說道。

「沒有什麼說的必要吧，我還有外公呢。」林木看著晏玄景動作迅速地挖好了六株朝暮放進空盆，完事之後狐狸精就慢吞吞地盤坐在地，一副洗耳恭聽的樣子。

「我也不知道他們是怎麼想的。」林木小聲說道：「排除在一些新聞和電視上單方面看到他們之外，我這輩子就只見過外公一次，小舅舅一次，大舅舅我沒見過。」

和外公唯一見面的那一次給他的印象極其差勁。那副居高臨下頤指氣使的樣子，過了五年了林木還記憶猶新。

「其實如果他不是那樣的態度，我也覺得無所謂。」林木想起當時就有些生氣，「這麼多年來也沒過問我跟媽媽一句，媽媽走了，我自己沒打算去找他，更沒有去攀親帶故的意思，就只想安安靜靜地把媽媽送走。可是他來了，看也不看媽媽一眼。」

林木是真的不明白。雖然他雙親缺失了其中一個，但他的童年並不缺少愛意。媽媽非常愛他，也非常疼他，哪怕他的童年沒有父親這麼個角色，也依舊不覺得自己這一生特別缺少了什麼。

所以林木是真的不明白，為什麼能有親人是這樣相處的。哪怕是晏玄景和晏歸相互陷害的相處方式，也能看得出他們之間的默契和親近。可是從他外公身上，林木是一丁點都感覺不出來。什麼親人之間的溫情和默契，一點都沒有。

「兩個舅舅更是來都沒有來。」林木看著那幾盆朝暮，抿著唇，「不過他們好像一直在偷偷幫我。」

這份恩惠他既然是實際收到了，那進行償還和報答也是應該的。

但要說親近，還真的說不上什麼親近。這樣誰能親近得起來呢，林木連他們的聯繫方式都沒有，從熟悉程度上來說，他們甚至還不如剛認識三個多月的帝屋。

「以前我跟媽媽兩個人剛搬來這裡的時候，我還不懂事，媽媽吃了不少虧，也沒見過有誰出來幫忙。」林木托著腮。

當時這個村落連A市的郊區都算不上，交通也不算方便，就是個窮鄉僻壤。窮鄉僻壤的人教育程度都不怎麼高，跟他們講道理是講不通的。

林木從小被媽媽教能講道理就儘量講道理，暴力是最後的手段，但在他小時候剛懂事的那幾年，這句話並不適用。在這裡拳頭硬，敢罵敢凶敢跟人打得頭破血流的暴力就是道理。

後來他橫掃方圓三百里，把瘋狗都打得繞著他走了，母子兩人的日子就瞬間變得舒坦起來。後來他去城裡念國中，林木才懂媽媽說能講道理就講道理原來是對的。

再後來，林木變成了明星高中的學生，在沒有人讀書讀出頭來的村裡地位一下子就不一樣了。只不過林木和他媽媽都懶得跟這些人多來往，就那麼不鹹不淡的態度，倒也過得安心舒適。

小時候最需要幫助的時候，給媽媽準備後事最需要幫助的時候，還不都是他自己咬牙硬挺過來的。

「你的兩個舅舅大概是想補償你。」晏玄景說道。

只不過林木是那種不需要幫助也可以堅強站起來的類型。妖怪的孩子天生就耐摔耐打一些，因為妖怪骨子裡就充滿了攻擊性和暴力的欲望，天生好鬥，哪怕是帝休，真的打起來也不會是什麼簡單就能搞定的角色。

從精神和神魂這方面入手的天賦力量，能做的文章可多了。就連天天只想著晒太陽結果的那些植物妖怪，也會因為爭搶一片有靈氣的土地而大打出手。畢竟在大荒，有靈氣的土地相當搶手，有些真的不是有錢就能買到的。

有人競爭拿不到怎麼辦？要嘛直接搶奪，要嘛把競爭對手全弄死就好了。

這麼一想的話，林木的媽媽真的把林木教得很好，他幾乎是一個完全正常的人類了。

「我當然知道他們是想補償我。」林木嘀咕，「我之前還想過，是不是因為爸爸和我的關係，媽媽把自己的消息瞞得很緊。但他們一直都在A市經商啊，真要找我們隨隨便便就找到了。」

當然，林木最大的怨言依舊還是這幾個親人本來可以完全不踏入他的人生，不在他的腦子裡留下一丁點印象，卻非要蹦出來跳一跳。

既然都跟媽媽斷絕關係了，就乾乾脆脆斷絕到底啊。在媽媽走的時候還非要跑出來鬧到底是什麼邏輯。

跟他外公的行為這麼一對比，林木甚至覺得兩個悶不吭聲只敢偷偷幫他一把的舅舅都變得可愛了起來，林木憤憤地想著。

「算了不說他們了，都是些小問題，反正也不會跟他們有什麼交集。」

就連準備送出去的兩盆盆景，林木也打算交給趙叔，拜託他轉交給兩個舅舅。畢竟他沒有聯繫方式，也不太想跟這兩位見面。

根據趙叔之前告訴他的事情，他們三人要是碰面了，兩個舅舅回家說不定會被退休了天天盯著他們的外公狠狠打上幾棍子，想想也夠委屈的了。

林木站起身，原地跳了三下活動一下手腳，拿起小鐵鍬，說道：「我去整理整理盆景，把朝暮塞進去，明天順手就一起帶去送了。」

晏玄景目送著林木把盆子搬到拖車上，拉著小拖車準備回屋，一抬頭就看到了輕飄飄地落在柵欄上的帝休。

他們剛剛的對話帝休聽了個八九不離十，想到因為自己的缺席而讓林木有了這樣的經歷，他薄唇微抿，目光溫柔又顯出幾許壓抑的內疚。

林木也沒想到這些有感而發的抱怨會被爸爸聽到，有些茫然無措。他左右看看，無處可躲，只好握緊了手裡小推車的把手，乾巴巴地跟帝休打了聲招呼。

帝休試探著往前飄了飄，見林木沒有別的反應，便微微彎下腰來，輕聲說道：「我……從一開始，就很期待你的出生。林木的名字是我取的哦，是用媽媽的姓和帝休的休字各取了一部分，你媽媽當初笑我是文盲，但最終還是給你取了這個名字。

「你在媽媽肚子裡的時候很調皮，就像其他的小半妖一樣凶狠又好鬥……很抱歉沒能給你一個最好的開頭，也很抱歉我沒能給妻子一個最好的結尾。」帝休蹲下身來，仰頭看著垂下眼的林木，「但我和你的媽媽，都很愛你，這是毋庸置疑的。我想作為一個失職的父親來彌補我的孩子。」

林木抿著唇，小小聲地說：「那你得努力了。」

帝休彎出一道細微的笑意，「嗯？」

「起碼得有人形能摸摸抱抱蹭蹭才行。」林木說道。

帝休臉上的笑意變得明顯了些，「好。」

他站起身來，「好孩子早點睡，要聽睡前……」

「不了。」林木斷然拒絕了帝休，拉著他的小推車一溜煙衝進了屋裡。

旁邊安靜如雞的晏玄景看著院子裡的帝休本體，發現被兒子鼓舞之後，原本慢吞吞自然伸展的帝休，吸收月華的速度驟然加快了數倍，直接把整座院落的月華掠奪一空。

意識到在院子恐怕蹭不到月華了的狐狸精愣了兩秒，變回原形進了屋，叼著狗窩到了林木房門口，抬起前腳抓了抓門。

林木踩著拖鞋把門打開，跟蹲在門口的牛奶糖對上視線。

晏玄景看著林木有些泛紅的眼眶，微怔，遲疑著問道：「……要親親嗎？」

林木一愣，想了好一會才明白過來晏玄景這思考是連接到哪裡去了。大概就是跟上次一樣，出於安慰的心態想親親他的額頭吧。

林木面無表情地看著眼前帶著窩來的小狗，吸了吸鼻子，說道：「不要。」

晏玄景沉默了兩秒，想到院子外被一掃而空的月華，沉吟片刻，又問道：「那要陪睡嗎？」

林木渾身一震：「？？？」

晏玄景蹲在地上，仰頭看著滿臉震驚的林木，補充問道：「人形和原形你喜歡哪個？」

林木結結巴巴，「什、什麼喜歡哪個？」

「你不是喜歡我嗎？」晏玄景平靜地說道：「你喜歡我的人形多一點，還是原形多一點？喜歡一條尾巴，還是九條尾巴？我都可以。」

林木滿臉呆然，「……你要幹嘛？」

「陪睡啊。」晏玄景把話繞回了原點，看著林木的神情，豁然開朗地補充解釋：「帝休那邊蹭不到月華了，我來你……」

狐狸精話音未落，眼前的房門就被無情關上，並「喀噠」一聲上了鎖。

——《非人類公所值勤日誌02》完

高寶書版集團
gobooks.com.tw

BL062

非人類公所值勤日誌02

作　　者　醉飲長歌
繪　　者　cyha
編　　輯　薛怡冠
校　　對　林雨欣
美術編輯　彭裕芳
排　　版　彭立瑋
企　　劃　李欣霓、黃子晏

發 行 人　朱凱蕾
出　　版　三日月書版股份有限公司
　　　　　Printed in Taiwan
地　　址　臺北市內湖區洲子街88號3樓
網　　址　www.gobooks.com.tw
電　　話　(02) 27992788
電　　郵　readers@gobooks.com.tw（讀者服務部）
傳　　真　出版部　(02) 27990909　行銷部 (02) 27993088
郵政劃撥　50404557
戶　　名　三日月書版股份有限公司
發　　行　英屬維京群島商高寶國際有限公司台灣分公司
　　　　　Global Group Holdings, Ltd.
初版日期　2021年12月
二刷日期　2022年 2 月

本著作物《非人類街道辦》，作者：醉飲長歌，由北京晉江原創網絡科技有限公司授權出版

國家圖書館出版品預行編目(CIP)資料

非人類公所值勤日誌/醉飲長歌著.-- 初版. -- 臺北市：三日月書版股份有限公司出版：英屬維京群島高寶國際有限公司臺灣分公司發行, 2021.12-
　面；　公分. --

ISBN 978-986-0774-46-7 (第2冊：平裝)

857.7　　　　110013325

三日月書版

三日月書版

GOBOOKS
& SITAK
GROUP©

GOBOOKS
& SITAK
GROUP©